The Dark Light

Bart Spicer

論創海外ミステリ
Ronso Kaigai MYSTERY
167

ダークライト

バート・スパイサー

菱山美穂◎訳

論創社

The Dark Light
1949
by Bart Spicer

目次

主要登場人物

カーニー・ワイルド……………………私立探偵
マシュー・キンブル……………………シャイニング・ライト教会の伝道者
ジェラルド・ドッジ……………………キンブル師の助手
ハーロー・プレンティス………………資産家の未亡人。教会の会計係
アリシア・プレンティス………………ハーローの娘
アレック・プレンティス………………ハーローの息子。元大佐
スカイラー・ディーシズ………………医師
アンドリュー・ジャクソン……………教会の下級執事
ウィラ・ウィノカー（ウィンター）……ダンサー
グロドニック……………………………殺人課の警部補
ヘンリー…………………………………グロドニックの相棒
ボブ・ミデアリー………………………ワイルドの友人。探偵
ルー・シャーボンディー………………故買屋

ダークライト

1

男が床に座っている。大きな靴を廊下の床にしっかりと置き、引き寄せた膝に顎を乗せ、大きな手の指をくるぶしに絡ませてオフィスのドアにもたれて座っている。その瞳はおれが見たことのない世界を見つめていた。エレベーターが音を立てて開いた時にも男は微動だにしない。エレベーターの灯りが男の暗い顔に灰色の光を投げかける。男の肌は漆黒に近い、油彩画の艶消し仕上げのようだ。おれは重い足取りで廊下を進み、男の前で立ち止まった。

その黒人の男がゆっくりと立ち上がる。背丈はおれより二インチ高く、男の中でも大柄だ。痩身で不自然なくらい長い腕が膝近くまで伸びており、脚は短く曲がっている。これといって特徴のない男の服は雨風をしのぐためだけのようだ。黒いスーツはブラシがかかりプレスしてあるが、袖口やパンツのてかりはどうしようもないらしい。シャツは白で、ブルーと思われるネクタイに触れる襟の箇所がかすかに擦り切れている。手にはバスケットボールでも隠せそうなグレーの帽子をつかんでいる。男の外見の何が気になるのかわかるまで少しかかった。男は禿げている。おれが出会った初めての禿げた黒人男だ。大きな頭で、男の頭皮は顔と同じくざらつき、後頭部がだぶついている。さぞ脳みその入る空間がたくさんあるのだろう。

「失礼ですがミスター・ワイルドですか?」男がよく響く落ち着いた声で尋ねる。

その声が気に入った。頷いて鍵を取り出す。男は檻に入れられた動物のように静かな動きで脇に避けた。おれは錠を開け壁にぶつかるほど勢いよくドアを開け、男へ中に入るよう身振りで示した。

「適当に座ってくれ。すぐに話は聞く」

おれは郵便投函口の下に落ちている商業用封筒《ビジネス・エンヴェローブ》三通を拾い上げて部屋を横切り、二つの窓をできるだけ開けた。週末のオフィスのこもった臭いとは違い、初夏の風は柔らかで温かいが、ヨットハーバーや通りの石炭収集場から強烈な臭いが立ち上る。腐った魚や去年の海藻の臭いが海風に乗ってくる。

おれはデスクの埃を吹き飛ばして椅子に座った。オフィスは清掃婦には気にかけてもらっていない。月に一回程度ドアと床を掃除してはくれるが、それ以上期待できるほど十分な家賃を払っていない。おれは小さすぎる椅子になんとか腰を落ち着けようとしている黒人男に目をやった。

「それで、用件は?」

男がおんぼろのオーク材の椅子に座ったまま、ぐっと身を乗り出すと帽子が床に落ちた。男の目は艶やかな栃の実のようだが、やや白く濁り始めている。まばらな眉毛を寄せ、詩人がふさわしい表現を探すように言葉を絞り出す。

「キンブル師についてです、ミスター・ワイルド」男の声が朗々と響く。おれがその名に心当たりがあるか男は見守っている。何も思い浮かばない。男は薄い封筒を取り出し手渡した。「これがキンブル師です、ミスター・ワイルド。〈シャイニング・ライト教会〉の伝道者をしています」

おれは封筒から折りたたまれたポスターを取り出した。顔幅の広い、聖職者カラーを襟元につけた温厚そうな男性の不鮮明な写真が載っている。〈シャイニング・ライト教会〉の伝道者ブラザー・マシュー・C・キンブルが〈シャイニング・ライト伝道本部《ミッション》〉で礼拝を執り行う、とある。日付は日曜日、昨日だ。ポスターには〈シャイニング・ライト伝道本部〉と構成員の宣伝もある。伝道本部はクラーケン・レーンとリバースエンドの角にあり、ザ・ベンドに位置する。波止場や倉庫に囲まれた貧困層の吹き溜まりのドヤ街で、伝道にはうってつけの場所だ。おれはポスターを封筒に戻し、男に返した。

「筋違いだな。なんでここへ？」

「弟の勧めです。このビルの貨物エレベーターを動かしています。その弟のヘンリーから、あなたに話してアドバイスをもらえと言われまして」

「何についてのアドバイスだ？」おれは気乗りせずに尋ねた。届いた封筒を人差し指でひっくり返し、差出人住所を見る。封筒二通は開封せずに横のくずかごに捨てた。残り一通の封を開けている間、訪問者は黙って座っていた。

「続けて」おれは言った。封筒の宛名は手書きだが、中身はまた広告だった。モーツァルトのソナタすらまともに演奏できないのに助成金を受け取っている団員で構成されるグレン・マーゲン・オーケストラへの寄付の募集だ。くずかごに捨て、顔を上げた。「さあ？」

「あなたがお手すきになるのを待っていたのです」男は厳かに言った。おれは頷いて非礼を詫び、居住まいを正した。「キンブル師は昨夜、伝道本部に現れなかったんです、ミスター・ワイルド。見かけた人は誰もいません。マリオンの外れの丘の上にある教会に電話しましたが、そこでも見かけた人はいません。心配しましたが表沙汰にはせず、わたしひとりで礼拝を執り行いました。しかし、到底うまくはいきませんでした。私は伝道本部内の下級執事《ジュニア・ディーコン》（伝道者の補佐を務める）でして」男は肩書を口にした時に誇らしげに顔を上げた。

「なるほど。それで？」

「その、それですべてです、ミスター・ワイルド。今朝、若いブラザー・ドッジが〈伝道本部〉に来ました。彼もさすがに心配しているようでしたが、わたしは弟のヘンリーに話して、あなたに会いに来たわけです」

「何のために？」

「それは、キンブル師のためにですよ、ミスター・ワイルド。彼が無事かあなたに確かめてほしいんです」

「ところで、名前はなんて言ったかな……？」

「アンドリュー・L・ジャクソン執事です、ミスター・ワイルド」彼は静かに言った。黒く輝く瞳を逸らさない。

おれは椅子を軋ませながら上体を反らし、引き出しを一フィートほど開けた。ほとんど何もない中からタバコを取り出し、火を点けた。「ジャクソンさん、昨日の晩に彼が姿を見せなかった理由はごまんと挙げられるよ。あんたが大ごとにすると、週明けに戻ってきた彼にとっては、ありがた迷惑かもしれない……」

それがおれの印象だった。ジャクソンはすっと立ち上がるとそばに来た。眉根を寄せた厳しい顔で怒りに満ちた声を響かせる。「ミスター・ワイルド、あなたに助けてほしくてここに来たのに、そんな言い方はあんまりです。キンブル師は素晴らしい紳士で信者に救いの手を差し伸べています。わたしのまわりで彼を悪く言う人はいませんん」

おれは宥めるように手を振った。「わかったよ、ジャクソンさん。こっちが悪かった。振出しに戻ろう。座って」彼の長身の身体から強張りが次第に消えるのを間近で見ていた。彼は打ちひしがれた様子で椅子に戻った。「キンブル師について聞かせてくれ。彼は黒人ではないんだな？」

「はい」ジャクソンは物憂げに言った。彼のオーボエのような声がやや小さくなる。「〈伝道本部〉の中で黒人は数人です。キンブル師が一年近く前に伝道を始め、わたしは当初から信者です」

「さっき言っていたブラザー・某《なにがし》はどうなんだ？　今日、あんたが言葉を交わしたという」

「ブラザー・ドッジのことですね？　ああ、彼はキンブル師の助手ですよ。いくらか若くて信者とまだ親しくありませんが、実に働き者です、それだけは言えます」そう話す彼の表情は悲しげで硬い。

「わかった。整理させてくれ。あんたは教会に電話した。他に電話した相手はいないか？　彼の家族は？　友人は？」

「していません。実はブラザー・ドッジと話した時に違和感があったんです。キンブル師が礼拝に来なかったことを広めないでほしい様子でした。それでアドバイスが必要だと思いまして」彼は心配でたまらない様子で身を乗り出した。「相手が話したがらなければ黒んぼ《ニグロ》は敢えて尋ねたりはしません」

彼は悲しげに言った。

「警察に連絡したらどうだ？　ものの数時間でキンブル師の居場所を見つけてくれる」

「そうかもしれませんが、あなたが言うように、キンブル師は警察沙汰を嫌がるでしょう。それにミセス・キンブルを動揺させたくもありません。なんでもない可能性もありますから」

「ミセス・キンブル？　彼の奥さんか？　なぜ彼女に知らせないんだ？」

「そうするつもりでした。キンブル夫妻は教会に住んでいるんです。たぶん二階です」ジャクソンはゆっくりと椅子の背にもたれかかり帽子をつまみ上げた。「実際に教会へ行ったことはないのですが」

「オーケイ」おれは物憂げに言った。「それで探偵の手を借りる必要があるんだな。おれを雇いたいのか?」

「ええ」ジャクソンが熱心に答える。「費用を捻出できるなら」

彼はスラックスのポケットに大きな手を突っ込むと拳のまま出した。デスクの上で手を広げ、紙幣をきつく巻いたものを落とした。紙幣は古く擦り切れ、ひどく汚れている。「ここに四十三ドルあります。これで足りますか?」

おれはタバコを吸いこみ、座ったまま身をよじらせた。ゴミだらけの床を見る。ジャクソンの静かな息遣いがデスクの向こうから聞こえる。

「金はしまってくれ。必要になったら請求するから」もてあそんでいたレターオープナーをデスクに落とすと、鈍い音がした。「その助手がどう思っているか、話を聞いてみよう」ゆっくりと言った。「午前の内に解決するかもしれない。彼はどこにいる?」

「ブラザー・ドッジですか? まだ〈伝道本部〉にいると思いますが」

「オーケイ」おれは渋々立ち上がった。ジャクソンは希望に満ちた濃いブラウンの瞳でおれを見つめている。「さあジャクソン将軍（Thomas Jonathan Jakson (1824-63) 南北戦争における南軍の軍人）、ブラザー・ドッジに話を聞きにいくとしよう」

ジャクソンは黄ばんだ象牙色の歯とくすんだ紫色の歯ぐきを見せて笑った。その表情は実に幸せそうだ。「わかりました。行きましょう」

おれが帽子を取る間ジャクソンはドアを持っていてくれた。隣室付きの秘書に不在の間の電話番をしてくれるよう頼んだ。ジャクソンはおれに続いて廊下を進み、通りに出た。外に出ても半歩後ろをついてくる。おれは彼と並ぶことも、彼を無視することも、彼と赤の他人のふりをすることもできる。彼の振る舞いは自然で年季が入っていた。過酷な歴史を乗り越えた優れた人物ならではだ。

2

三本の道路が複雑に交差しているうちのひとつがリバースエンドとクラーケン・レーンの交差点だ。常に造船所の臭いがする。湿った潮風が通りに落ちたゴミや紙くずを撒き上げる。倉庫の間には、正面玄関の大理石が剝げて避雷針も歪み、荒廃したタウンハウス（隣家と共通壁でつながった二階または三階建ての一家族用の家屋）がいくつも見える。交差点ではトラックがしきりに行き交う。散らかった通りを歩く者はいない。ジャクソンがおれの腕に触れ、道路の反対側を指さした。輸送トラックに挟まれる形で走らせていた年代物のクーペを、ジャクソンの指示した場所に音を立てて停めた。

〈シャイニング・ライト伝道本部〉は少し前まで小規模店舗だった。ハエの糞のしみのついたキャンディを子供に売るような類の店だ。大型チェーンに対抗しようとする食料品店。農夫が野心を抱いて町に移って開く小間物屋。敗北と嫌悪が染みついている。はるか昔に建った当時は、緑色に塗られ、白い縁取りがされていた。今では灰色に酸化して塗料の剝がれた下から地の色が見えている。小さな窓だけで間口はいっぱいだ。屋根に向かって四分の三がピンクのマスキングペーパーに覆われている。マスキングの奥に見える長方形のパネルには「シャイニング・ライト伝道本部　どなたでも歓迎いたします」とある。

ジャクソンがドアを開け中に招き入れてくれた。広い部屋は薄いグレーのペンキが塗られていて明るい。窓のそばの大きな書き物机では定員一杯の人が新聞や雑誌に没頭している。部屋の中には野菜スープの匂いが強く漂っている。突き当たりには高さ数インチの低い演壇があった。ほとんどの部屋は壁沿いに折りたたみ椅子がいくつも立てかけられている。スープ給仕場や救済の場となるのであろう。

演壇脇のドアが開いた。奥に背を向けて立っている男が見える。奥の部屋にいる誰かと話をしている。ジャクソンはその男の方向に頷いてみせ、おれを奥に促した。

ジャクソンの後ろにぴたりとついて椅子の列が並ぶ通路を縫うように進んだ。ドアから見えた男の肘にジャクソンがそっと触れると、男は振り返った。男はジャクソンの背後にいるおれを認めると陽気な笑みを浮かべた。薄いピンク色をした真面目そうな顔の鼻や頬に、薄くて大きなしみが浮かんでいる。髪はピンクオレンジと言ってもよさそうな変わった色合いの赤で、室内でも明るく輝いている。歳は三十くらいだが、こざっぱりして愛敬がある。縫い付けポケットのついたグレーのツイードスーツに、太い縦縞のネクタイをしている。男はおれににっこりと笑うとジャクソンの方を向いた。

「ミスター・ワイルドをお連れしましたよ、ブラザー・ドッジ」ジャクソンは言った。「キンブル師が無事か確かめてくれるよう彼に頼みました」

「なんだって?」ドッジは驚きの声を上げた。「何がそんなに心配なんだ、執事?」眉根を寄せる。

「わからないんです、ブラザー・ドッジ」ジャクソンは真面目に言った。「わたしにもさっぱり、でもどうにもすっきりしません。ミスター・ワイルドなら、なんとか力になってもらえるんじゃないかと思って」

ドッジはちらっとおれを見てからジャクソンに向き直った。「ミスター・ワイルドは必要ないよ、執事」やや咎める口調だ。

ジャクソンは帽子を触りながらもごもごとつぶやいた。ブラザー・ドッジはジャクソンを見ると、かすかに頭を上げ、落ち着いた声できっぱりと言った。「心配しなくていいよ、執事。ミスター・キンブルがきみの知り合いの助けを必要としているとは思わない」

彼の声は壇上で話す人のような腹からの声ではないが、イチゴ親睦会（教会などが催す慈善の集いで、イチゴのデザートが出る）に参加するご婦人方相手には押しが強そうだ。彼の言葉が正しいなら、おれのいる理由はない。伝道者についてジャクソンの言葉が正しいなら、ドッジは何か隠しているということになる。おれはドッジとジャクソンの間に割って入った。

「依頼人にそう噛みつきなさんな、ブラザー」おれは静かに言った。「彼は伝道者さんが心配なのさ」

ドッジはツイードジャケットからハンカチを出して口元をぬぐうと、明るいピンクの頭を横に振った。「いや。彼が心配する必要はない」ドッジは色あせた眉をひそめているジャクソンを見つめた。声がやや気色ばむ。「きみだってミスター・キンブルを厄介ごとに巻き込みたくはないだろう、執事？」

ジャクソンは厳かに首を横に振った。口を開きかけ、思い直して閉じると、戸惑いの眼差しでおれを見た。報酬並みの仕事を始める時が来たようだ。

「待てよ、ブラザー」おれはドッジに言った。「執事はただ手助けしようと……」

ドッジは苛立たしげに割り込んだ。「彼の手助けなど必要ない」きつく言い放つ。

書き物机で静かに読書をしていた人たちが新聞や雑誌をそっとテーブルに置いた。ひとりの男性が出て行くと、他の人も後に続いて、慌てることなく静かに、だが無駄のない動きで立ち去った。

「あんたのせいで客が帰ってしまったな」おれはドッジに歯を見せて笑った。「声を荒げないほうがいいよ、ブラザー。いいもんじゃない」

ドッジはおれの横をすり抜けドアに向かった。彼が椅子の山の間を進むのを見送りながら声をかけた。「警察に任せるのが無難だよ、ブラザー、その気があるのなら」

ジャクソンはおれの横で足を大きく開いて立っているが、その顔は引きつっていた。ドッジは足を止めずに速度を緩めた。しかしドアまで数歩のところで急に回れ右をして戻ってきた。

「きみに何の関係がある?」ドッジが歯の間から絞り出すように尋ねる。「名はなんて言ったかな?」

おれは札入れをぱっと開いた。片方には私立探偵免許のフォトスタット（写真複写装置。またそれで作製された複写物）と、保安官代理のバッジ、肩書の寄せ集めだ。バッジは友愛会の集まりでのビールと同じ位、入手困難で、探偵免許より効き目がある。ドッジは免許をじっくりと読むと目を上げて頷いた。

「何が望みだ?」その声にはまだ棘があり、探偵という職業に当惑しているのが窺われる。

おれは肩をすくめた。「このジャクソン執事に尋ねてくれ。この人がボスなんだから」

ドッジは乗ってこなかった。真顔で床をにらみ考え込んでいる。ひと気のない静かな部屋に彼の息遣いだけが聞こえる。滑らかな呼吸だ、喘息のきらいもなく、タバコで荒れてもいない。ドッジはジャクソンを新種のアブラムシであるかのように見てからつぶやいた。「確かに」

「確かな事実さ、ブラザー」おれは嚙みついた。「質問がある。単刀直入に訊くのですぐ答えてほしい。回答がないようなら雇い主と一緒に警察署のダチに話しに行く。どちらか選んでくれ」

折りたたみ椅子に座り、ジャクソンの方にも椅子を滑らせた。「座ってくれ、将軍」おれは椅子の背にもたれて脚を投げ出し、タバコを取り出してドッジに考えさせた。彼が決心するまでさほど時間はかからなかった。横でドッジがどさりと椅子に座るのが聞こえる。決意が揺るがなくなるまで猶予を与えた。ジャクソンは大きな両手で帽子をつかんだまま静かに座り、おれを見つめている。

おれは鉛筆と封筒をポケットから出した。裏に「マシュー・C・キンブル」と書き、その下に〈シャイニング・ライト伝道本部〉と加え、住所を記した。それを差し出すとドッジはこちらを向いた。

「あんたのフルネームは？」おれは尋ねた。

「ジェラルド・ドッジだ」なお冷ややかな声だが、われ関せずの調子は消えている。おれは封筒をしまい、鉛筆の先をドッジに向けた。

「これまでの話を聞かせてくれよ、ブラザー。キンブル師を最後に見たのはいつだい？」

ドッジがきまり悪そうにおれを見る。「師ではなく、ミスターです。ここは認可された教団ではありませんから」彼は苦々しげに言った。「金曜の夜だったと思います。教会の祈禱会で。実際には、その直前かもしれません。ミスター・キンブルは風邪気味で、わたしに礼拝の司式を頼むと、ご自分は二階に上がられました」

「金曜の夜。その後は見ていないんだな？」

「はい」

「珍しいのか？　その、彼は二、三日いなくなることがよくあるのか？」

「いえ。こんなことは初めてです」

「なのにあんたは探さないんだな？　彼の消息を尋ねたりは？　姿が見えなくてもお構いなしか？」

「そんなことはありませんよ。相談しましたよ、ミセス・キンブルとミセス・プレンティスに。あのミセス・ハーロー・プレンティスにです」彼は思わせぶりに付け加えた。「彼女はうちの会計係です。ご婦人たちはしばらく様子を見ることにしたんですよ」ドッジは足元に視線を落とし、唇を嚙んだ。なにか気にしている様子なのでそのままにさせた。すると彼は急におれの方に向き直った。

「いいですか、ミスター・ワイルド」彼が毅然として言う。「あなたの知らないことが沢山あるんです。ジャクソンが知らないことはさらに沢山」彼が執事を苦々しげに見る。「わたしはここでは何の権限もありません。単なるミスター・キンブルの使い走りで、これ以上は口を開くべきではないでしょう。敢えて言うなら、あなたにはこれ以上、話を大きくしてもらいたくありませんね」

「それはジャクソン将軍次第だな、ブラザー」ブラザー・ドッジのためにことを丸く収めるつもりはない。彼が重荷を背負っているなら、そのまま背負わせる。

「まったく、わからずやですね」ドッジは困った様子だ。「全くお話できないんですよ。内々のことなので」ぎこちなく微笑む。「取り乱してしまったようですね。最近、みな緊張続きなもので」

ジャクソンがゆっくりと頷く。「わかりました、ブラザー・ドッジ。あなたが良いと言うまでわたしたちは口を挟みません」彼は宣誓するかのように厳かに言った。

「オーケイ。話せるところまで聞かせてくれ」

「では」ドッジが話し始める。「ミスター・キンブルが姿を消したのは土曜の夜だとわれわれは考えています。彼はラジオ放送の仕事でニューヨークに行っていました。土曜の昼過ぎに到着したまではわかっていますが、ラジオ局には行っていませんでした。それ以来、彼に会っていないんです。今日にも知らせがないかと待っています。彼から音沙汰がなければ、われわれは今日にも善後策を講じるつもりです」

「われわれ、というのは？」

「ミセス・キンブル、ミセス・プレンティス、そしてドクター・ディーシズです」

おれはよほど間抜け面をしていたのだろう、ドッジが説明してくれた。「ミセス・プレンティスは先ほども言ったようにうちの会計係です……それに後援者でもあります。ドクター・ディーシズは教会の長老です」

合点がいって頷いた。「オーケイ、わかった。あんたがたは警察に行ってないんだな？　ニューヨークに様子を見に行かせたりは？」

「していません」ドッジが言う。「今日の午後にも警察には電話するつもりです。それまでにミスター・キンブルから連絡がなければ。できるだけ知られたくないんです。教会はすでに嘲笑の的になっているのでこれ以上はご免です。失礼ながら、私立探偵が頭に浮かんだ人はいませんでした」

「たいていはそうだよ。ぞっとしないだろう」

ドッジの顔がかすかに赤らむ。「そんなつもりではありません」

「いいよ、おれは繊細じゃない。ジャクソン将軍とあんたたち四人の他に、今回の失踪を知る人はいないな？」

「はい。外部に漏れないよう細心の注意を払っています。ミスター・キンブルが伝道本部で日曜の夜に礼拝を執り行う予定なのをみな忘れていました。ミセス・プレンティスは彼が記憶喪失か何かになったのではないかと考えています」ドッジが眉をひそめる。

「それがどうかしましたか？」

「彼を捜索すると考えると、おおいに関わる。いなくなって、もう三日じゃないか」

「でも自発的に姿を消すことだってできた、そうでしょう？　時間の経過はそんなに関係ありません」

「そうかもしれないが」おれはうなった。「金はどうだ？　キンブルは会計を扱っていたか？」

ドッジは怒って赤面した。「ミスター・キンブルは教会の金には関わっていません」声を荒げる。

「ミセス・プレンティスの担当です」

「わかった」おれはなだめるように言った。「彼の家庭生活はどうだ？　奥さんやなんかは？」

「なにを言うんですか、ワイルドさん。お門違いですよ。そちらは関係ありません」

「そうかもしれない。キンブルから連絡がなくてあんたは次にどうするつもりだったんだ？」

ドッジが滑らかな顎を撫でながら、考え込むようにこちらを見た。思考を巡らせた中から、やっと言葉を絞り出す。「ミセス・プレンティスに任せますよ」おずおずと言った。

おれは立ち上がり、タバコを床に落とし踏みつけた。ジャクソンはすぐにそれを拾い、くず入れに捨てた。おれは将軍に謝り、ミセス・プレンティスと残りの教会員に会いたい、とドッジに言った。

「ええ」ドッジが熱っぽく言う。「そう申し出るつもりでした」ようやく話がまとまった。おれの車で行こう、と誘ったが、車を持っているので教会へ先導する、と言われた。ドッジはすぐに〈伝道本部〉から出ると、大柄な人ならではの大きな歩幅で歩いた。おれはジャクソンの肘を支えて一緒にドア口まで歩いた。

「妙な動きをする人がいたら教えてくれよ、将軍。それから明日、電話をくれ。それまでになんらかの収穫があるはずだ」

「はい、必ず、ミスター・ワイルド。それにわたしたちを助けてくれてありがとう。ここの人たちはみなキンブル師のことをとても気にかけています」ジャクソンの声は深く響くレクイエムだ。おれは彼の背中を叩き、車に向かった。

3

ドッジはおれを待たなかった。彼の好みとしては意外だが、明るいピンクの髪には似合う、淡いブルーのコンヴァーティブルで〈伝道本部〉を出発した。そばかすのある指で前方を差し、ついてくるよう促す。おれはゆっくりと続いた。彼に追いつくのは訳ない。小道も道路の隆起もすべて頭に入っている。マンチェスター・パイクまでは彼の後をついて進み、そこからは、やや技術を要した。

ドッジは一定速度で進み、信号に足止めを食らわない。おれは彼の後をついてウェスタン・ヴァレーの丘で夏の移ろいを探し求めた。直射日光がすでに牧草地の緑を色褪せさせているが、果樹の葉は茂り、たわわな果実を実らせ、放牧地では仔馬が跳ね回っている。メキシコ湾流（メキシコ湾から北東に進んでヨーロッパ北西部に向かう暖流）が流れ込むまでの最も快適な一カ月で、人々が丘に集う。刷毛で刷いたような雲が丘の上にかかっている。雨を運ぶほどの厚さではない。晴天だが、それを楽しむ余裕はなさそうだ。

ドッジは速度を緩めてランズデール・ロードで曲がった。ギアをセカンドに切り替え、一瞬エンジンを吹かしてから切った。三本の横桟のある門を惰性で通り楡《にれ》の老木を囲む砂利敷きの駐車スペースに車を停める。おれもその横に停めた。美しいコンヴァーティブルから降りて楡の木陰でおれを待っていたドッジは、木の幹からキノコをつまみとると指でつぶした。コンヴァーティブルの横にシルバーで「A・J・P」と入っているのにおれは気づいた。

ドッジの表情は険しい。

「ミスター・ワイルド、〈伝道本部〉では失礼な態度ですみませんでした。いつもはあんな感じではないんですが。あの時はジャクソン執事に腹を据えかねまして。あなたを呼んだことで、彼がすべてを台無しにする気がしたものですから。ですが今なら致し方なかったとわかります。彼の機転がありがたいくらいです」

「別に気にしてない」

「そうはいきません、ミスター・ワイルド」ドッジはしつこく言うとおれの肩に片手を置いた。「あなたが来てくれて助かります。ぜひ手伝わせてください……」彼はひ弱な笑顔を見せた。それが彼の精一杯のようだ。

「わかった」おれも笑ってみせた。「手はいくらでも借りたいんだ。じゃあ始めるとするか？」

ドッジはがっしりとした手でおれの肩を親しげに叩いて頷き、砂利敷きの道を歩き出したので、後に続いた。

「これが教会です」ドッジが言う。「かつてはミセス・プレンティス所有の賃貸住宅でしたが、うまく改装しました。ミセス・キンブルがなんでも話してくれるはずですよ」

おれは喉を機嫌よく鳴らして教会構内を眺めた。両端に二本ずつ煙突がある、ケープコッド地方の古い塩入れ型家屋（前面が二階建て、後ろが一階建てで、後方の屋根が長く傾斜している家）で、丁寧に改装されている。中央玄関には彫刻が施された円天井がある。円天井のすぐ上にある同じように繊細な渦巻き模様の鐘楼には、輝く真鍮の鐘がある。統一感がある造りだ。本来の枠組みは銀色に風化し、増築した部分はそれに合うように着色されている。引き換えし型のよろい戸は花々の色から取った明るい黄色と青だ。百花繚乱だがわざとらしさがない。咲き乱れる花々の一画の間、草に覆われた場所は長く不揃いで、所々日焼けで茶色くなっている。平穏で安心できる雰囲気だ。

ドッジは片手でドアを開けると暗色のパネルで覆われたロビーにおれを招じ入れた。小さな空間には、キングコングも十分に座れるほどのスパニッシュチェアと、図柄からほつれた糸が見え、擦り切れた灰色の敷物がある。二階からは桜材の繊細な手すりがカーブして下りている。元々の階段の支柱ではないらしい、ひだのある服を着た嘆き悲しむ女性の石膏像が設えてある。親近感を抱かせる室内だ。ドッジはおれの視線に気づくと説明してくれた。

「ミセス・キンブルの作品です。とても才能豊かな方です」彼はあまりおれに注意を向けていない。おれはミセス・キンブルの才能についてはなにも言及しなかった。ドッジは開いているドアひとつひとつに目をやった。「奥様はきっと聖具室にいるのでしょう。こちらです」

彼に続いて広いドア口から腰板のついた会議室に入った。厚いクッションのついた軟材質の十二の信者席が、部屋に均等に置かれている。慶事には十分な大きさとは思えない。奥には着色された窓ガラスで挟まれるように、教会の一番上の鐘楼のような渦巻き模様のついた演壇がある。ドッジは演壇の裏に回り、再びドアを開けた。おれが部屋をぼんやりと見ている間に彼は隣の部屋に行った。隣室の誰かと話しているのが聞こえる。

ドッジがリネン地のグレーのロングドレスを着た華奢な女性を先導して戻ってきた。彼はおれの方に手を振り紹介した。その女性がミセス・キンブルだった。おれはおざなりな挨拶をして、三人で演壇近くの椅子に座った。ミセス・キンブルは濃い黒の瞳をしている。こちらを向いてはいるが、常に目が泳いでいる。豊かで艶やかな黒い髪は耳の後ろで大雑把にまとめられている。素晴らしい髪なので、いつも同じ様にまとめるのは一苦労だろう。瘦せてはいるがグレーのドレスの下の身体は均整がとれ、洗練された優美な服装に合っていた。やや神経質そうで内省的な雰囲気はまさに伝道者の妻にふさわしい。そういった雰囲気を打ち払うには彫刻のようなものが必要なのだろうか。夫人の肌は透き通るように滑らかで、青白いと言ってよいほど白く、濃い黒の瞳を引き立たせている。顎は小さく尖っていて、顔は頰からこめかみにかけてとても狭い。はっきりとした黒い眉の下で夫人の目は休みなくドッジからおれに移り、留まることがない。それでも表情は少しも変えず、両手は手の平を上にして膝の上に静かに置き、指をかすかに曲げている。

ミセス・キンブルはジャクソンがおれを雇ったという話を眉ひとつ動かさずに聞くと、他に言うことはないのかといわんばかりにこちらをまっすぐ見た。おれはタバコを出してから、今いる場所を思い出し、ふさわしくないと思った。タバコをしまっている間もミセス・キンブルはじっと座ったままで、ドッジはそわそわしている。

おれは思いやりのある表情をして夫人と目を合わせようとしたが、うまくいかなかった。夫人はおれの顔をどうしても見ようとしない。夫人が天井を見上げて尋ねる。「主人を探していただけるんですね、ミスター・ワイルド?」

「そのつもりだ。もちろん、ご主人が探してもらいたがっていれば、の話だが。雇い主は多く払う余裕がないが、ご主人が意図的に姿を消したかどうかは容易にわかる」

「どうやって?」ミセス・キンブルは身を乗り出したり両手を握ったり、眉をひそめたりしない。態度に示さないが、夫人が次第に緊張し案じているのがわかった。夫人は知りたいのだ。

おれは肩をすくめた。「そういうものなんだよ、ミセス・キンブル。人はあまりいなくなったりしないものだ。普通は痕跡を残す。まずここで始めてからニューヨークへ行った方がよさそうだ。向こうでもっと調べる必要があるから」

「ここで始める?」夫人が尋ねる。「どう始めるんです?」

「まず話を聞かせてくれ、ミセス・キンブル。それから写真を持っていたら、借りたい。ご主人について知りたいんだ。どんな男性か、服装、食べ物の趣味、癖、そういったことを。全体像といっていい」

夫人はかすかに笑った。「シンプルなご要望ね、ミスター・ワイルド。写真はあると思いますわ、でも……」夫人は眉根を寄せてドッジの方を向いた。「ミスター・ドッジ、そこまですべきかしら?……その、世間に知られることだけれど、ミセス・プレンティスには?……」

ドッジは意味がわかったようだ。きっぱりと首を横に振る。「いいえ、ミセス・キンブル、できる限りミスター・ワイルドに協力すべきです。ミセス・プレンティスも賛成してくれるはずです」彼がおれに向き直る。

「実はね、ワイルドさん。少し前にひどい評判が立ったことがありました。ミスター・キンブルとミセス・プレンティスで騒ぎを落ち着かせましたが、二の舞にならないかわたしたちは心配なんです」

「どんな噂だ?」

「わたしも細かいことはよく知りませんが、若い女性と淫らな行為をしたというものです。さっきも言いましたがミセス・プレンティスが対応したので、詳しい話を聞くまでもありませんでした」

「それは立派だ。だが役に立たないな。どんな騒ぎだったか知ってるかい、ミセス・キンブル?」

「いいえ」夫人はおれを見もせず淡々と答えた。ふらふらと立ち上がり椅子の背をつかむ。「一緒に来てくれませんか、ミスター・ワイルド。写真をお探しします」夫人はほつれた髪を撫でつけた。

「わたし、あまり気分が優れないんですの。手短に済ませたいですわ」

ドッジがエスコートしようとしたが夫人は気づかなかった。夫人の後について演壇の向こうの部屋に入ると、事務室のようだった。夫人はおれたちにここで待つように言うと二階に通じる狭い階段を上がっていった。おれは机の椅子に座り、ドッジがぜいたくな来客用椅子に座るに任せた。こじんまりとした部屋だ。窓にかかった更紗生地のカーテンは黄色が多く用いられている。一角にはずんぐりしたソファに事務机と椅子があり、横にはタイプライターがある。床に敷物はない。汚れた世界における善行のように、磨かれワックスがかけられた松材の床が広がっている。この部屋は金がかかっていないが落ち着ける部屋になっている。机の椅子はおれより恰幅の良い男性が使用しているようで、古びている。大きな机の奥には本棚に箱に入った真面目そうな本が並んでいる。机の角には柔らかな革装の厚い聖書がすぐ取り出せるように置いてある。表紙には「マシュー・C・キンブル」と金で浮彫がある。ぞんざいに親指でぱらぱらとめくると、金縁の読書用メガネが挟んである、詩編の箇所がすぐに開いた。カバーが外れるままにして、タバコの先をつぶして火を消した時にミセス・キンブルが階下に戻ってきた。

夫人から四×五インチ版の写真を手渡される。少し芸術的で、濃い影をつけて男性を陰気で学究的に見せているが、どうせ身元確認に使うだけだ。彼は人好きのする顔をしている。幅広の四角い顔の持ち主で目元や口元には深い皺が刻まれている。目は大きくひょうきんで、口は大きいが感情を抑えている。カメラの横に何か面白い物でも見つけたかのように、やや斜めに視線を向けている。おれが机の上に写真を置くと、ミセス・キンブルがその上にハガキを落とした。

「これは午前便で届きました」夫人が生気なく言う。

ピンクと白に輝くホテルが写っていて、下部の説明文には〈ホテル・ピッツバーグ〉とある。おれはハガキをひっくり返した。ニューヨークの土曜日午後二時三十分の消印がある。文面は簡潔でよくあるものだ。「愛しいきみ、無事着いた。田舎と比べるとすべてが大きい、だが帰るのが待ち遠しいよ。愛を込めて、マシュー」宛名はマリオン郵便局のミセス・マシュー・キンブルだ。おれはハガキを鉛筆で突き、大文字で流麗に書かれた「K」を軽くなぞった。

「これはご主人の手書きだな」おれは尋ねた。夫人が頷く。「どうも。これを借りるよ、ミセス・キンブル」タイプライターのそばの山からボンド紙を二枚取って縦長に折る。「さて、あと少し細かい点が訊きたい。ざっと話を教えてくれ」

夫人は隣にある速記者用座席に座った。おれは夫人が落ち着いてから質問事項を読み上げ、回答を書き留めた。

「ご主人の髪の色は?」

「ブラウンです、少し濃いブラウンで、とても豊かです。後ろは長めで、散髪に行く必要がありました。主人にそう言っていたのですが……」

おれは片手を挙げて制した。「ざっとでいい、ミセス・キンブル、そうすれば早く終わる。目の色は?」

「ブラウンです」夫人はきびきびと言った。それから何か言いたそうだったが我慢したようだ。おれは続けた。

「肌の色は？」

「中間色、くらいだと思います、血色が良い、という方が近いかもしれません。あなたはどう思う、ミスター・ドッジ？」

ドッジが答える前におれは制した。「それはさほど重要ではない。写真で見るとご主人の顔は角張っているが、実際には？」

夫人は頷いた。時間を気にかけていないらしい。熟考してより的確な答えを出すのに二十分でもかけそうだ。

「ご主人の鼻の形は？」

「さあ、どうでしょう……普通の鼻です。少し大きいかもしれません」

「身長は？」

「たぶん、あなたと同じくらいです」

おれは書き留めた。「六フィート二インチ。で、体重は？」

「少し太っています。二百ポンドくらいかしら」それならおれより二十ポンド多い。

「ご主人はいつも聖職者の襟をしているのか？」

「いえ、教会の中でしか付けませんでした。外では普通の服を着ていました」

「土曜にここを発った時はどんないでたちで？」

「細かいチェックの入ったダークグレーのスーツを着ていました。白いシャツにダークブルーのネクタイです。それに新しい帽子を被っていました。横帯に赤い羽根がついています」羽根について話す夫人の声がかすれ、おれはそろそろ潮時だと思った。

「最後の質問になる、ミセス・キンブル。これ以上、手間は取らせない。ご主人はここを発つ時、いくら金を持ってった？」

夫人は首を横に振った。「さあ。ミセス・プレンティスから旅費をいくらかもらっていたはずです」最後の言葉は泣き声交じりになっていた。おれはドッジの方を向き鉛筆で合図した。彼は飛び上がって夫人の腕を取った。

「終わりました、ミセス・キンブル。後はわたしに任せてお休みください」ドッジが夫人の手をぎごちなく軽く叩く。「戻ってきてから、後のことはうまくやりますから」

だが夫人にそのような同情は無用だった。ミセス・キンブルは立ち上がり、ドッジの手を払いのけるとおれに弱々しく微笑んだ。「調査に期待していますよ、ミスター・ワイルド。なにかわかったらすぐに教えてくださいね」

おれは真っ先に伝えると言い、握手を交した。夫人が再び階段を上がる。始めはゆっくりと、こぎれいなハイヒールが一段ごとに二つ音を鳴らす。十段ほど上がったところで足が止まる。嗚咽を漏らすと、後はうつむいたまま駆け上がっていった。ドッジはついてゆこうとして止めた。

「わたしにできることはありませんよ」彼は力なく言った。

ドッジは信者席にぶつかりながら、ふらふらと教会を出て行った。敷地の楡の老木の前で立ち止まると、おれに背を向けたまましばらく立っていたが、少ししてから振り向いた。

「彼を見つけてくださいよ、ミスター・ワイルド」彼が声を荒げた。その顔はやつれて血の気がなく、泣き出さんばかりに強ばっている。

「ああ」おれは静かに言った。「きっと見つけるさ」彼にタバコを勧め、火を点けてやった。彼は深く吸って空へ吐くのを二回繰り返した。

「ミセス・プレンティスに会いたいでしょう。これからお連れします」ドッジはまたタバコを一口吸ってから砂利に捨てると、手をおれの腕に置いた。

「ありがとう、ミスター・ワイルド」彼はそう言うとブルーのコンヴァーティブルに身体を滑らせ、急に発進させたので、教会のドアに砂利が飛ぶところだった。おれは加減をしながらチョークを引いて年代物のクーペのエンジンをかけ、ドッジが残した青みを帯びた靄《もや》の後に続いた。

4

南北戦争で暴利をむさぼった者によって、これ見よがしに建設された住宅街にプレンティス家があるのは不思議ではなかった。ドッジの後についてカーブするセメント舗装の私道に入り、彼の車の隣に停めてゆっくりと辺りを見回す。

屋敷はおそらく元々ジョージアン様式だったのだろう。大きく角張っていてグレーストーンで覆われているが、今ではその様式が崩れている。左手には私道に沿って低い屋根のガラス張りの温室が長く続き、右翼は粗悪に増築されている。家の中心部分はほとんど蔦《つた》で覆われ——大半が西洋木蔦でところどころアメリカ蔦や忍冬《スイカズラ》だ——土台の荒い石まではびこっている。一階の窓の蔦は刈り取られているが、二階や三階は窓を開けようとしても蔦に邪魔される。ほとんどの蔦は屋敷が最初に建った時に植えられたように見える。ところどころ葉がなく、家の角では日に焼けて蔓が干からびて絡まっている。

屋敷は道路から百ヤードほど奥まったところに建てられ、丈夫なワイヤーフェンスを越えて生い茂る厚い十フィートほどのいぼたの木の生垣で縁取られている。芝は滑らかでローン・ボウリング（芝生の上で2人〈2組〉で行なうゲーム。最初に投げた的球の最も近くに止まるように球をころがす）の試合場にできそうだ。等間隔で濃い芝になっている所には、間隔を開けて濃い色のスプリンクラーがある。こぶりな日本の桃の木が一列に植えられているのは見ごたえがある。建てるにも、そのままの状況を維持するにも大そう金がかかる場所と見受けられた。

ドッジがおれの車のドアを開け、降りるのを待っている。「ここがプレンティス家の屋敷です。『ニューホープ』と呼ばれていて、まさにわたしたちにとってそういった場所です。ミセス・プレンティスに会えば、その意味がわかるでしょう」

おれはうなり声を挙げながらクーペを降りた。ミセス・プレンティスの名声にうんざりしてきた。

「敬礼しなくちゃだめか?」

ドッジは聞いていなかった。温室を回り、屋敷を囲む薄いレンガの歩道をバランスを取りながら進む。おれにもついてきてほしいらしい。温室を横目に、淡いブルーグレーのオランダタイルが敷き詰められたテラスに着いた。中央の家から向こうの翼はまっすぐ後ろに伸びている。壁に沿って高いフランス窓がある。荒ごしらえの日光浴用ベンチに置いてあるクッションは、小さな池の縁にあるテラスのタイルと同じ色だ。ベンチの布張りの肘掛に輝くグレーの髪をした人物がいる。ドッジは足音を立て静かに咳払いした。

「アレックなの?」高く澄んだ声だ。頭を動かさない。

「ジェラルド・ドッジです、ミセス・プレンティス」

グレーの頭が起き上がる。ほっそりとした手が手招きし、声が続いた。「いらっしゃいジェラルド、ニュースを聞かせて」夫人は振り向かない。そんな手間はかけないのだ。夫人にとって危険など存在しない。

ドッジはおれの袖を引っ張りながら池の縁を回った。池の中には白黒の斑のある金魚が、けんかする三毛猫のようにすばやく泳いでいる。

「ミスター・ワイルドをお連れしました。ミスター・キンブルの件でアドバイスしてくれるそうです」ドッジの声は先ほどと打って変わって、くぐもっている。名案だと思っていたのが今は違うようだ。だが、おれはとやかく言うつもりはない。

「それはありがたいわ」夫人が慎重に言い、すんなりした手を差し出した。薬指にとびきり大きなトパーズの指輪をしている。おれは池の縁でなんとかバランスを取りながら握手した。冷たく引き締まっている。声と同じだ。他の部分も手と同様だった。髪はショートで耳元でかすかにカールしている。色は淡いグレーで、くすんでいるが、美容師の手によるものだろう。明日にはブルーに、その次の日には白髪や、淡いラベンダー色になるかもしれない。顎がとがり、厚く大きな瞼に茶目っ気のある瞳、そして引き締まった口元。彼女には安定感がある。それは、ユーモアのない相手の目には腹立たしく映るほどの安定感だ。緑を基調とした柄の、薄い生地のワンピースを着ているが、それは彼女の瞳の色と一緒だ。彼女はふとおれに笑いかけた。

「あなたって大きいのね、ミスター・ワイルド。うちのアレックより大きいんじゃないかしら」夫人は答えを待っている風ではない。しっかりと握手をしながらおれの肩越しにドッジを見た。「それで、ミスター・ワイルドのアドバイスというのは、なんなの、ドッジ？」

ドッジはそわそわと何かをつぶやき、小さく咳払いして語を継いだ。「ええと、彼が言うには、その……」

おれは後を引き継いだ。「ミスター・キンブルを探すのを手伝ってほしい、居所を探してくれ、とアンドリュー・ジャクソンに雇われたんだ」

「アンドリュー・ジャクソン？」夫人が尋ねる。「あの執事の？〈伝道本部〉にいる？」すぐにでも笑い出しそうな声だったが、思い直したようだ。

「そのとおり。彼は心配している。そしてドッジから聞いたところでは、彼が心配するのも、もっともな理由がある」

夫人は手を離すと耳元の髪をかきあげた。「なるほどね」夫人はそっけない。「あなたは弁護士さんなのかしら、ミスター・ワイルド？　ジャクソンに雇われたんでしたわね」

「認可を受けている私立探偵だ、ミセス・プレンティス」

「まあ」夫人は抑揚なく言った。その目はドッジを見据えていて、いまにも怒りがこみあげそうだ。夫人は再びおれに向き直るとにっこり笑った。「あら、名案じゃないの！　ジェラルド、わたしたちどうして思いつかなかったのかしら？　まさにこれよ！」

「まさになんですって？」どこかで声がした。背後のフランス窓から聞こえてくる。紗のカーテンから頭が見える。採光窓が内側に開き、窓の下枠の日の当たる場所に細身の若い女性が現れた。

「何の集まりなの、母さん？」女性が尋ねる。彼女の目はおれの服を値踏みし、ヘアスタイルをすばやくチェックした。おれは危うくネクタイを直すところだった。彼女はそうさせる類の女性だった。髭さえ剃っていれば、ビリーフォックスのツイードスーツのおかげで合格点がもらえるはずだ。

彼女は目を輝かせた。「素敵な方々も一緒なのね。どちらか選んでいいかしら？」そして今まで多くの男にそうしてきたように、彼女はおれに笑いかけると、長いフランス窓を軽やかに通り抜け、おれたちの方に来た。

彼女はブロンドだ。男性が気を引くために口笛を鳴らすようなナイトクラブのブロンドではない。黄色みがかったピンク色の肌よりほんの少し明るい、蜂蜜のような上品な色調だ。笑っている顔に絹のような髪がかかる。瞳は母親と同じ色合いだが、ややブルーがかっている。夏の荒れた海のようなブルーだ。みごとなプロポーションの持ち主で、本人も自覚しているようだ。今でこそ、デニムパンツとペパーミントストライプのシャツでしっかり隠しているが、彼女がその気になれば、見る者は喉をごくりと鳴らすはずだ。背はその年頃の女性たちより頭ひとつ高い――彼女を目を丸くして見ているドッジと同じ位だ。彼女は年季の入った鱗木《りんぼく》製のステッキを両手で持っている。大きくしっかりとした手だ。本物の美を備えた、良き馬術家の手だ。

「お連れを紹介してくださらない、ジェラルド？」問いかけるその声は母親譲りだ。少し高い分、落ち着きというより快活さが感じられるが、同じ声質だ。彼女の視線はおれのネクタイの結び目に向けられたかと思うとおれの目に移り、また結び目に戻った。ドッジには目もくれない。

ドッジは咳払いをして、ズボンに穴があると指摘された男子生徒のように足をもぞもぞさせている。彼の顔は髪の色に負けないくらい真っ赤だ。「あの、アリシアさん、彼はミスター・カーニー・ワイルド、私立探偵です。ワイルドさん、こちらはミス・プレンティス」

互いに形式的な挨拶をしていると、ミセス・プレンティスが娘を広いベンチの隣に座らせた。アリシアはうわのそらでデニムに覆われた片膝を軽く叩くと、ドッジに顔をしかめて見せた。「お願いだから座って、ジェラルド。そうやっていつも気を揉ませるのね。そこの椅子を持ってらっしゃいよ」

ドッジは弾かれたようになり、再び紅潮した。口ごもりながら何やら言っている。「教会での務めがあり戻らねばなりません」申し訳ないが、実際、彼は退散した方が良さそうだ。ドッジはミセス・プレンティスに堅苦しくお辞儀をし、アリシアと握手を交わし、彼女の車を貸してくれた礼を言った。おれは車のドアのシルバーのイニシャルを瞬時に思い出し、ドッジを非難したことを心の中で詫びた。

夫人は手を振ってドッジを帰らせると、こちらに向き直った。

「ところで、ミスター・ワイルド。これからどうなさるおつもり？」

おれはタバコに火を点け、夫人の横に座るアリシアを無視しようとした。仕事の話に来たのだ。

「それはあんた次第だ、ミセス・プレンティス」

「とおっしゃいますと？」

おれは火のついたタバコを手で回してから燃えさしに静かに煙を吐いた。「往々にして男性の消息不明というものは自発的なものだ、ミセス・プレンティス。そうなると警察の仕事になる。警察組織はわずかな兆しから捜索するのが得意だが、一介の探偵には、それもままならない。ミスター・キンブルと彼の交友関係に関する情報をできるだけたくさん集めたい。手始めに、ミスター・キンブルが失踪したとあなたが思う理由を聞かせてくれ」

夫人は目を見開くと、両手を肩の高さまで上げて大げさに肩をすくめた。「理由なんてありませんわ、ミスター・ワイルド。ただ彼が自分から蒸発したとは思えませんの。彼にとって教会がすべてなのですから。何があっても出ていったりするものですか」

ミスター・キンブルが女性と駆け落ちしたと言おうものなら、夫人は飼い犬をけしかけかねない、と思いながら、おれは池の斑のある金魚が互いの尾を追いかけるのを見ていた。その危険は冒したくない。

「彼の懐具合はどうだったんだ？」

「そう良くはないはずよ。実入りは少ないですもの。家だって教会の上ですし」夫人は指の爪の甘皮を噛んで顔をしかめた。「そういえば、出張にまとまったお金を工面したくらいだから、お金の余裕はなかったはずです」

「今回のニューヨークへの出張の目的は?」

「ラジオ番組ですわ」ミセス・プレンティスが答える。「『ウィー・ザ・ピープル（愛国的な内容のラジオ番組）』みたいな番組よ。わたしが紹介したの。ミスター・キンブルに対する忌まわしい噂を払拭して、教会の立場を顕示する良い機会だと思ったのよ」

「ほお?」

夫人は木々を見上げたがその目はうつろだった。そして急に思いついたように娘を突いた。「アリシア、席を外しなさい。これからミスター・ワイルドをオフィスにお連れするのに、あなたに邪魔されたくないわ」笑って言っているが、夫人は本気だ。

アリシアが少し口をとがらせたのがわかった。その鮮やかな赤い唇の形にはおおいにそそられたが、彼女の母親に注意を向け続けた。アリシアはおれにウインクすると、渦を巻くように優雅に立ち上がった。彼女がフランス窓を通る時、彼女の髪に日の光が反射するのが見えた。アリシアは一瞬、振り返ると、持っていた鱗木製のステッキで引っかけて、背の高いドアを閉じた。

ミセス・プレンティスはふらつきながら立ち上がった。彼女は脚を折った状態で座っていたのをスカートのひだで隠していた。足には手縫いのソフトモカシンを履いている。脚は妙に細く、ふくらはぎがほとんどない。過去に小児麻痺を患ったのだろう、彼女の不安定な姿勢はそれを裏付けている。

「腕を貸してくださる、ミスター・ワイルド。わたしのささやかなオフィスにご案内しますわ。お見せしたいものがあるの」

彼女は身体を支えるためだけにおれを利用した。おれたちはよく磨かれた樺《かんば》材のドアをくぐり、やけに暗い廊下を通った先にあるドアを開けて小さな部屋に入った。ミセス・プレンティスは窓際にある、更紗生地のカバーのかかった安楽椅子をおれにすすめ、自分は横のいんげん豆形の机に腰をおろした。

机には小ぶりのカード式目録が三つあり、ファイルフォルダーに雑然と収まっていた。ミセス・プレンティスはシガレットケースをおれの方に押しやると、引き出しにざっと目を通して小さな鍵を取った。その鍵でもうひとつの引き出しを開け、スチール製の金庫を取り出す。夫人はポケットの中にあった鍵で金庫の錠を開けた。

「ミスター・ワイルド、ミスター・キンブルが自発的に消息を絶っていないなら、難に遭っている可能性があるとおっしゃるのね?」

「一概にそうとは言えないよ、ミセス・プレンティス。失踪者で犯罪に巻き込まれるケースは稀だ。記憶喪失症の例は実際耳にはするが、たいていは作り話だ。記憶喪失症のせいだとまことしやかに言われて、警察が敢えて目をつぶっているだけだ。だがミスター・キンブルの件ではそういう訳にはいかない。現時点では、どのような判断もできかねる」

夫人は金庫の蓋を開けたり閉めたりしている。目は半ば閉じているが、口元は硬く引き結ばれている。彼女は身を乗り出すと低い声で言った。「ミスター・ワイルド。ミスター・キンブルにもしものことがあったら、誰の責任かわたしはわかっています」夫人は長い指で金庫の上を軽く叩いた。

おれは真顔で身を乗り出した。縞大理石の灰皿にタバコの灰を落として、話の続きを待つ。

「手始めに」ミセス・プレンティスは言った。「ミスター・キンブルとわたしどもの教会グループについて知っていただきたいわ。そうすれば、彼が決して自発的に失踪するはずがないとご理解いただけるでしょうから」

「ミスター・キンブルに初めて会ったのは、戦時下のギブソン総合病院でした。主人を亡くしてから、わたしは福祉活動に強い関心を抱き、喜びを見出しました。活動はミスター・キンブルで成り立っていました。彼は当時タイヤのセールスマンでしたが、稀に見るほど思慮深く人情に篤い人物でした。

機械文明が引き起こす精神不安を良しとする者はいない。そして既成の宗教団体は人々を失望させている、というのが彼の持論でした。グループは有効な手立てを講じ、幸せな生き方を見つけるという共通概念によって成り立つべきだとミスター・キンブルは考えていました。病院で彼は実に見事にそれを実践しました。そこにいる若い男性たちに、しばしば彼は生死は紙一重だと伝えていました。

数カ月経って、グループのために常設の場所を造ろうとする彼にわたしは援助を申し出ました。彼は山上の垂訓に因んで、グループを〈シャイニング・ライト教会〉と名付けました」

「あなたご存知？『あなたがたの光を人々の前に輝かし、そして人々があなたがたのおこないを見て、天にいますあなたがたの父をあがめるようにしなさい』という一節を。それを彼は実践したのよ、ミスター・ワイルド。設立当初から教会は発展しました。わたしは所有地の家屋を改築して、一階を集会室にして二階をキンブル夫妻の居住スペースにしました。初日から任務が果たされました。二百人近く訪れたのです。冷やかしの客ではありません。人生に困惑しながらも新たな答えを見出そうとしている、真面目な人たちです。ミスター・キンブルの人徳のなせる業です。彼は決して休暇を取らず、脇目もふりませんでした。少しでも自由な時間があると、ザ・ベンドの宗教団体を組織するために尽力していました。彼ほど献身的で、行動に説得力のある人を知りません。ミスター・キンブルが自発的に教会を後にするはずなど、あるものですか」

夫人は必死に涙を堪え、大きな瞳が光り輝いている。おれはタバコを点けて足元に目をやった。手に余る事案だと薄々わかってきた。

「わたしたちが教会を設立した当初、他の組織的な教会からは批判されました。それはおおいに感じていました。たいていの批判は不当極まりないものでした。多額の寄付をなさったあるご婦人が精神障害だったとして寄付金の返還を求めてきて、忌々しい裁判が行われました。それに半年前には卑劣な連中の手で破壊されそうになりました。我々の信者の娘さんである若い女性が……身ごもったのです。連中はミスター・キンブルの仕業だと触れ回り、それはひどいものでした。そして女性の父親がミスター・キンブルを訴えると言いがかりをつけてきました。暗澹たる日々でした。ミスター・キンブルが体調を崩したので、わたしたちは女性の件から彼を守ろうとしました。ですが、結局は立ち消えになりました。ここに宣誓供述書があります」夫人は再び金庫をこつんと叩いた。「告訴撤回や公的謝罪の宣誓書が何枚もあります」

おれは知的に見えるよう努めたが、あまりうまくいかなかった。床に向けて吐き出した煙が机の下を這ってゆくのを見つめた。「どうやって、ことを納めたんだ?」

ミセス・プレンティスは赤面した。ワンピースの襟の首元から髪の生え際までが瞬時に赤らむ。夫人は唇を嚙むと深く息をついた。「ミスター・キンブルは子供ができない身体なのです」夫人は声をふりしぼって言った。「若い頃におたふくかぜを患ったそうです。ミスター・キンブルが赤ん坊の父親であるはずがない、とドクター・ディーシズが証明してくれました。それで話は終わりました」夫人は真顔で身を乗り出してきた。「噂になる事態は極力避けたいというわたしたちの立場を、おわかりいただけたでしょうね」

おれはわかったと告げ、安楽椅子に深く座り、話を整理しようと努めた。「事情を教えてもらえて助かるよ。今後の捜査に役立つ。次にニューヨークへの出張についてだが、あんたが手配したのか？彼が出発するのを実際に見たか？」

「ええ、まあ」夫人はゆっくりと言った。「ミスター・キンブルは出かける時、家の前を通って行きましたから。車の窓を開けて帽子を振ってくれました。彼は番組の始まる三十分前の、七時半にニューヨークのラジオ局に着く予定でした。今朝ミセス・キンブルの元に彼からハガキが届いたそうですから、無事に現地に到着したはずです」

「ああ、ハガキなら見た。ミスター・キンブルが車で行ったのは確かか？　電車に乗らなかったんだな？」

「ええ、彼は電車嫌いですから。金輪際電車に乗るつもりはない、と常々言っていました。一方、車の運転は好きでしたね」

おれは頷いた。「では金の話に。無理強いするつもりはないが、彼の所持金の額を知る必要がある。ミセス・キンブルによると、あんたはいくらか彼に持たせたんだな？」

「ええ、確かに。交通費とニューヨークでの出費に備えてお金を渡しました。全部で五十ドルです。実際にはもっと持っていったかもしれませんが、そこまではわかりません」

おれは折り畳んである紙を取り出し、あてもなく見た。これは引き受ける仕事じゃない。少なくとも、日頃つき合っている連中と違う。伝道者が身を隠すのに選んだであろう場所を探って、彼を見つけ出せるとは思えない。おれは顎がシャツにつくほど深く頭を下げ、どう動くべきかを思案した。ニューヨークに向かうのが妥当だが、ジャクソンが用立ててくれた金で行くのは気が引けた。

ミセス・プレンティスは指でせわしなく金庫の蓋を叩くと唇をすぼめた。「この調査費用は教会から出すべきだと思うわ」

おれは引き続き感情が顔に出ないよう努めた。

「それにジャクソン執事はあなたにずっと支払う余裕はないはずよ」

ストリップ劇場でむき出しの欲望が重く垂れこめるかのように、金をどうするかが宙ぶらりんになり、静かに沈澱していた。ミセス・プレンティスは思案気に指で金庫を叩き続け、窓の外を見ている。おれ次第だと言わんばかりだ。

「彼は四十三ドルを蓄えていた」おれは静かに言った。「給料だろうな。それを受け取るのは気が引ける」

夫人は鋭くこちらを見ると、にわかに笑った。「もちろん、そうでしょうとも！　ジャクソンは愛すべきお年寄りですもの！　さて、あなたの費用はいくらくらい、ミスター・ワイルド？」

「仕事によりけりだ。まず経費として事前にもらい、調査完了の際に調査代を請求する。よくある行方不明なら、数日で片付くだろうから費用は百ドルほどだ」

夫人は眉をひそめ、白い歯を親指の爪で軽く叩いた。「どのように調べるおつもり？　その、調査の始め方は？」

「まずニューヨークを当たるつもりだ。それからここで彼を知る人々の話を聞く。ニューヨークの仲間に連絡して病院のデータを調査したり職員の話も聞いてもらう。まあ、そんなところだ。たいていそうするうちに解決の糸口が見つかる」

夫人は勢いよく頷き、再び微笑んだ。「なかなか腕が立ちそうね。わかりました、支払いはわたしが受け持つわ」

「話は決まりだ、ミセス・プレンティス。まとまった金があるほうが仕事が早く済む。ジャクソンも肩の荷が軽くなるだろう。彼にはおれから伝えておく」

「そうね。ところで、当面いくら必要かしら？」夫人は金庫を開けると銀行の帯封がついたままの紙幣の束を取り出した。

「今は百で頼む。ニューヨークから戻ったら、かかった経費をまた報告させてもらおう」

夫人は札束から十ドル札を数枚引き出し、机に置いた。慎重に金庫を閉めると鍵をポケットにしまい、金庫を引き出しの中に戻す。そして札をおれに手渡した。「必要な時に使ってちょうだいね、ミスター・ワイルド。何をしようと構わないけれど、あまり大きな額だと面倒みきれなくてよ」夫人の声は毅然としている。

「それはご心配なく。見つかる時には簡単に見つかる。見つからない時は、ミスター・キンブルが見つけてもらいたがるまで無理だろう」おれはタバコをもみ消し、金をもらった。背後のドアが大きな音を立てて開いた。ミセス・プレンティスの輝く笑顔を見て、おれは振り返った。

長身の若い男がドア口に立っている。シャワーを浴びたばかりらしく、髪が湿って寒そうだ。つややかな茶色の髪が頭に張りつき、日焼けした肌は洗いたてで赤みを帯びて輝いている。薄いコットンTシャツが引き締まった筋肉に沿って盛り上がり、シャツの裾は折り目の取れたミリタリーパンツへ無造作に押し込まれている。タオル地のスリッパから大きな足が半分はみ出していた。

「悪い、母さん。お客さんがいるとは知らなくて」彼の声は冷ややかだ。

「いらっしゃいな、アレック。さあ」ミセス・プレンティスは手を伸ばして息子の腕を取った。「こちらはミスター・ワイルドよ、アレック。ミスター・キンブルの件で手伝ってくださるの。ミスター・ワイルド、息子のアレックですのよ」

アレックは無気力に頷き、おれの手のドル札をちらりと見た。おれはにっこり笑ってポケットに金をねじ込んだ。

ミセス・プレンティスは息子の腕を優しく撫でている。その瞳は陶然としている。「息子はハンサムでしょう?」

おれは薄笑いした。いつものことのようでアレックは気にしていない。ただおれと目を合わすために不承々々、視線を上げた。

おれは安楽椅子の肘掛に置いていた自分のライターを取り、夫人に手を差し出した。「まあ、こんなところだ、ミセス・プレンティス。情報提供をありがとう。明日ニューヨークで訊き込みをした後、またあなたに会いに来るよ」

「あら、待って」ミセス・プレンティスは手を振ってみせると、鉛筆を勢いよく持ってメモ用紙に走り書きした。「ラジオ局の人と会うといいわ。CBSのこの人と連絡を取って。わたしは彼と打ち合せしたから、きっと何か知っているはずよ。わたしの使いで来たと言えばいいわ」

おれは再び礼を言い、読みもせずに胸ポケットにしまった。アレックはおれが空席にしたばかりの安楽椅子にどさりと腰をおろし、狭い肩幅しか見えなくなった。おれは別れの言葉を告げ、来た道を戻った。

5

温室横の小道を通って私車道に向かった。窓越しにスープ皿並みに大きく見事なダリアが見える。よくある茶色の土製の植木鉢に植えられていて不格好だ。他の種類の花はないようだ。自分の車の前で立ち止まり、タバコに火を点けてドアを開けたが、すぐにまたドアを閉じ、窓から車内に頭を突っこんだ。席の奥でアリシアが居心地よさそうにうずくまっている。足を座席に上げ、ブロンドの髪を背中に下ろし、じゃじゃ馬のような笑みを浮かべている。

「ねえ、探偵さん。わたしも一緒に連れてって」

「ううん」おれは唸った。「どこへ行こうと言うんだ」

「決まってるわ、ニューヨークよ。わたし聞いちゃったの。なんでもお見通しよ」満面の笑みで、目が生き生きしている。「いつだって何がどうなっているか気にしているんだから。ドクター・ディーシズやミスター・キンブルにはね。それでピンと来たわけ、でしょう?」

「確かにピンと来ている。だがきみの母さんが知ったらお目玉を食らうんだろう」

「食らうもんですか」彼女がほくそ笑む。「おめかししたもの。ね?」アリシアはグレーの幅広のスカートを席で広げてみせた。「ニューヨーク向きだわ」

「違うな」

「そうだって」彼女は指を振った。手が洗ってあるのに気づいた。「先々のことを考えるべきよ、探偵さん。依頼主の娘には親切にしなきゃ。ゆくゆくは結婚して出世するかもしれないじゃない」

「おれの柄じゃない」にべもなく答えた。「降りろ」

アリシアは座席から身を乗り出し窓越しに頭を出した。「あなたの知らないことを知っているわ」

彼女が囁く。「あなたに餌をまいているのよ」

「いつもなら、餌にはあっさり食いつくほうだが、きみの母さんに頼まれて働いているんだ。頭の皮を剝がされかねない」

「ふん」彼女は鼻を鳴らした。「アレックが家にいる時は母さんはわたしのことなど眼中にないの。プレンティス家の誇りに会うのを楽しみにするといいわ。兄はいわば夢ね。それも悪夢」

「兄さんには会ったよ」

「それなら、さあ出発よ。母さんが心配したらいけないから書き置きしてきたわ。でも無駄でしょうね。母さんは心配などしないから」それは皮肉でも怒りでもなく、ただ事実を述べているに過ぎないようだった。

おれは腕時計を見た。「今は十一時だ。途中で昼食を取るから、ニューヨークには慌てなくても二時半には着く。だが戻り時間はわからない。来たいなら来ればいいが、帰ってくるかは保証しない」

アリシアは気落ちしなかった。「ふん」彼女は再び言った。「なら、マーガレットおばさんのところに泊まって買い物するわ。母さんはカンカンになるわね」彼女は身をくねらせて奥の席に戻ると指を振っておれに入れと示した。

おれは年季の入ったフォードに乗って出発した。ロックヘイヴン街道からウェントワース通りに抜け、左に曲がって高速に乗った。北に続く道は街で国道一号線と交わる。最初のガソリンスタンドで満タンにしてタバコを一カートン買った。アリシアは席でうずくまって窓越しに田園風景を眺めている。

「餌でもまいてみろよ」おれはようやく話しかけた。「タダ乗りはご免だ」

アリシアがくすくす笑ってこちらを向く。グレーのスカートがたくし上がったが、気にしていないようだ。「あれは冗談よ。一緒に来たかったんだもの。私立探偵なんて会うの初めてだから」

「そう思うのか?」

「映画でよく見る、あれでしょ」アリシアが言い張る。

「ああ、確かに私立探偵だ。ならこちらもはっきり言わせてもらう。〈シャイニング・ライト教会〉とやらは、詐欺集団なのか?」

「違うわ!」彼女は驚いて言った。「気味悪く見えるかもしれないけれど、ちゃんとした真面目な団体よ」

「結構だ。だがどんな仕組みだ? どうやって人を勧誘する?」

「そんなの、ひとことでは言えないわ。メンバーじゃないから、あまりよく知らないの。大学に行っていて、たいてい家にはいなかったし――先月、卒業したばかりよ――戻った時に教会の話を聞くくらいで。兄のアレックはずっと軍隊にいたの。それに今年はヨットでハワイまでクルージングしていたから、わたしと同じく家にはいなかったわ。兄が戻ってきた時、母は団体に加えて働かせようとしたけれど、兄は二、三回顔を出しただけで軽蔑して下品な冗談を言っていた。アレックってそんな奴なの。だから母はわたしを誘おうとすらしなかった。でもわたしは何度か行ったの。それに活動自体はあなたの想像するようなものとはまったく違う。ミスター・キンブルは怒鳴り散らしたり、信者に恐怖を植えつけたりはしない。実は、礼拝自体は重要ではないの。いわば信者同志の交流のためね。皆で讃美歌を歌ってミスター・キンブルが少しお説教をしておしまい」

「意味がわからないな」

「だから、違うといったじゃない?」アリシアはコートのポケットから宝石で飾られた小さなシガレットケースを取り出し、蓋を開けた。おれが横目で見ているのに気づくと、良く見えるようにケースを上げてみせた。「二十一年生きながらえたことの戦利品よ」彼女が微笑む。タバコを二本一緒にシガーライターで火を点けて、一本をおれの唇の間に押し込んだ。「ミスター・キンブルは切れ者よ。ペテン師じゃない。本気で布教しているの。宗教と精神医学の中間のような活動で、多くの人を救っている。信者は彼の小さなオフィスに出向いて悩みを相談するの。すべてを話すのよ、ときには何時間もね。ミスター・キンブルが助言しているのか、ただ慰めているのかはわからない。告解のようなものね。信者はいつも気が楽になっているようだわ。父さんが死んだ直後の母を知らないでしょう、それは酷いものだった。ひどく神経過敏になっていた。四六時中、具合が悪くて臆病だった。でもミスター・キンブルが面倒見てくれたの。彼が精神医学を知っていたのは素晴らしいわ。以前はただのセールスマンだったって聞いた?」

「ああ。生活のためにタイヤを売るより、ましだと思ったんだろう」

「いいえ、違うわ。あなた間違ってる。実に優秀なセールスマンだったの。彼に会えばその理由がわかるわ。彼を喜ばせるために、売ってくれる物ならなんでも買いたくなるはずよ。とても素晴らしい人。学があるわけではないけれど、人というものを知っている。信者さんたちは彼を信じきっている。

ミスター・キンブルはわたしに仕事をくれて、彼のためにタイプの打ち込みをしたわ。彼のラジオスピーチの原稿書きを手伝ったの。つまり、文法やスペルを直したりして。それから最終原稿をタイプしてあげたわけ」

「信者はどんな連中なんだ?」おれは大きくハンドルを切ってトラックを追い越し、南北を通る連邦幹線道路に入ってから車線に合流して五十五号線に近づいた。平均速度に戻し、背もたれがしっくりくるよう座り直す。

「どんな、って色々よ。それこそ善良な人から不思議な人まで。でも変な人はいないわ。最初は母が教会に出資していたけれど、善意の寄付金で既に出資額が返納されたと言っていた。教会はすっかり自立しているの、そして〈伝道本部〉もね」

おれは静かに唸った。全体像が思い描けない。全く、というわけではないが、そもそも末端の信者についての知識がないのだ。「そばかす顔のドッジはどんな立場にいるんだ?」

「ああ、ジェラルドね?」アリシアは笑った。「彼はミスター・キンブルのいとこか何かなのよ。復員兵援護法の資金でステートカレッジに通う予定よ。大学院で修士号を取って教員になるつもりなんだと思うわ。いつここに来たのか知らないけれど、退役したばかりの時、定員がいっぱいだったステートカレッジにミスター・キンブルの口利きで入学できたらしいわ。ジェラルドはぱっとしない人だけど、俗離れした詩的な人たちが嫌いじゃなければ、彼ともうまくやっていけるはずよ。ミスター・キンブルは彼に教会関連の仕事をさせたの。雑役から始まって、今では事務仕事の補助をしているわ。彼のおかげで事務はずいぶんスムーズになった、だからミスター・キンブルは時間の余裕ができて〈伝道本部〉を始められたの。それについては何か聞いた?」

おれは〈伝道本部〉は知っていると答え、ジャクソン将軍に頼まれて話に首を突っ込んでいると話した。チキン・イン・ザ・ラフ（全米で展開されているフライドチキン・レストラン）の店舗を見つけておれたちは口を閉じた。車を砂利敷きの駐車帯に停め、昼食のために車を降りた。

愉快なドライブだった。アリシアは絶えずしゃべり続け、おれは時折相槌を打った。ニュージャージー東部の平坦で陰鬱な沼地地帯を通り、豚臭い塩沼（海岸付近に存在する湿地・沼地。潮汐の影響から、時間帯により塩水・汽水に冠水するか、または陸地となる地形）を抜けて、コンクリートの迷路を進んでリンカーントンネルに入った。北の出口で全米横断長距離バス《グレイハウンド》の間に挟まれ、車体の側面に新たな傷を頂戴した。その後はタクシーを避けながら混んだ通りを進んだ。かつて劇場だった場所の駐車スペースの列に並び、車を案内係のほうにターンさせ、ぎこちなく降りた。アリシアは席から勢いよく降りた。やる気満々の様子だ。

「手始めにどこに行くの、シャーロック？」

「おれは痛い足を引きずって〈ピッツバーグホテル〉に行く。おまえさんはどこかに行って誰かを困らせてろ」

「あなたと一緒に行ってあなたを困らせるわ」アリシアはこともなげに言った。「この任務には女の直感も必要でしょ」

「オーケイ、オーケイ。サム・スペードみたいに話すのは止めてくれ、涙が出そうだ。来たけりゃ来い、だがロビーで待ってるんだぞ」

街角でタクシーを拾い、〈ピッツバーグホテル〉に行ってくれとドライバーに告げた。おれは脚を精いっぱい伸ばして身体を支え、揺れるシートに座っていた。アリシアは訳知り顔で笑みを浮かべている。

「ワトソン気取りも止めてくれ、お嬢ちゃん。おれのやりたいようにさせてくれ、お節介はご免だ」

「了解よ」

ホテルのバーで彼女を待たせ、支配人室に向かった。当局に関してありがちな会話を交わす。警備員が呼ばれて、状況を報告してくれたが、すでに知っていることばかりだった。おれは鍵を借りたい、勘定は払う、と言って話を終わらせた。支配人はフロント係を呼んで、明日キンブルの車を彼の妻の元へ返すよう運転手を手配した。おれはその費用も払った。フロント係は宿泊者名簿を持ってきていた。キンブルの筆跡はミセス・キンブルに届いたハガキと同じように見えた。フロント係にミスター・キンブルの写真を見せると、確かにこの人だと思う、と答えた。フロント係が正しいかどうか、信憑性には欠けていた。支配人に礼を言い、キンブルの部屋を見せてもらう。おれがタオルを盗まないよう警備員が同行する。

標準的な部屋だ。糊のきいたシーツのかかったシングルベッド。ベッド脇のラゲッジラックの上のキンブルのスーツケースを開くと、まだきちんと衣服が収納されたままで、上にパジャマが、角に丸めた靴下が入っている。髭剃りケースの大きさ程の四角い空間がある。おれはバスルームで髭剃り一式を見つけた。広げて使えるようにしてある。髭剃りの刃は替えたばかり、髭剃りクリームの蓋は開き、洗面台の端にブラシが横倒しに置いてある。洗面台の奥のタイルには小さな黒い点が線状についているが、万年筆のインクが流しで逆向きに吹き出したのだろうか。キンブルはペンに詰まりがないか水の中で確かめたのかもしれない。窓の下枠に革製の四角い収納ケースがあった。髭剃り道具をしまい、ぐるりと囲むファスナーを閉める。これでバスルームが整然とした。

髭剃りケースはスーツケースの空間にすっぽり収まった。おれは乱暴にスーツケースの蓋を閉じてボタンをカチリと閉めた。警備員はドア口にもたれかかって退屈そうにこちらを見ている。

「ベッドは使用されていたか？」

警備員は肩をすくめ、だるそうに目を閉じた。「さあ、どうだか」しゃがれ声でいう。「知りたきゃ確認できますが」

おれは硬そうなベッドに目をやった。人を寄せつけないようなシーツの表面を見る限り、誰も触れてなさそうだ。部屋で寛いだ様子はない。「いや、いい」おれはつぶやいた。「見た目通りらしい」

警備員はだるそうな目で再びこちらを見てからゆっくりとあくびをした。ちんけなガキの相手によっぽどうんざりしているのだろう。彼は太い指で小さな書き物机を指しながら嫌味たらしく笑った。

「そこも見てみますか、探偵さん？」

引き出しの中にはホテル名の入った文具や便箋類、黒いインクが乾いてしまっているインク壺、ねじれ模様のペン先のついた木製の万年筆、青い表紙の冊子が入っている。冊子を手に取って開いた。それはキンブルが土曜日の放送に出演する時のためのラジオ原稿の複写だった。冊子のすぐ下には、滑らかな緑の革製のケースに納められた金縁のメガネがあった。冊子を持ったまま引き出しを閉めた。硬い小椅子に座り、ラジオ原稿をぱらぱらと見る。カーボンが擦り切れている箇所は文字が少し薄かったが、判読可能だった。

おれはスーツケースに戻った。錠が自動的にかかっているが、鍵を持っていない。メガネを胸ポケットに入れて冊子を手の中で丸め、スーツケースを持ち上げた。警備員は脇へよけておれを廊下に出すと、死体がベッドの下に隠れていないか確かめるために部屋の中に残った。おれは廊下に出て歩き、立ち止まってエレベーターのボタンを押した。

ロビー階に下り、人混みを縫って電話コーナーに向かった。スーツケースを電話コーナーの前に置き、住所録を調べる。とりあえず電話を二本済ませれば家路に着けるだろう、おそらく。

ＣＢＳラジオ局の電話番号を見つけ、ミセス・プレンティスがくれたメモに書き留めた。それから市内の電話番号ページを調べた。従軍時からの知り合いのボブ・ミデアリーがまだ出世していなければ、調査費が浮くはずだ。もっとも戦後、大企業では配置転換が頻繁に起こっている。ボブが電話に出た。おおかた脚をデスクに載せ、オフィスにいるハエでも数えていたのだろう。酒で釣ると二十分で来ると言った。おれは電話を切り、次にラジオ局にかけた。

ミセス・プレンティスのくれたメモを参考に、夫人が推薦してくれたミスター・パターソンを呼び出した。ミスター・パターソンはつかまったが、電話を迷惑がっているのがわかった。

「キンブルについては何も知らんよ」彼はきっぱりと言った。その声はジョージア大理石の像のように滑らかで艶があると共に硬い。「それにキンブルについて知りたいとも思わん」

「失踪したんだよ。おれはワイルドといって、キンブルを探している私立探偵だ。土曜にキンブルから連絡があったか訊きたい」

「なかったよ」ミスター・パターソンはぶっきらぼうに言った。「何も聞いていない。彼の失踪は気の毒だが、あまり親身になれん。キンブルが姿を現さなかったせいで散々な目に遭ったからな。アリス・プレンティスに八時から十五分の枠をあげたんだ。知らないかもしれないがゴールデンタイムさ。おれがどう穴埋めしたか、あんたにわかるか？」彼は返事など求めていない。「カントリー・ミュージック・バンドだ」

おれは笑わなかった。

「今となっちゃ後の祭りだが、アリス・プレンティスに言っといてくれよ」パターソンが嚙みつく。

「今度また枠をやる時には前もってカントリー・ジャグ・バンドを押さえておくってな」

「話はわかったよ、ミスター・パターソン。キンブルから最後に連絡があったのはいつだい？」

「金曜の午後にあったな。土壇場で原稿に訂正を入れていた。電話口で読み上げたんで、おれは内容にゴーサインを出した。それが彼と話した最後だ」

おれが礼を言っている途中で相手は電話を切った。ミスター・パターソンは気分を害している。キンブルはもうしばらく身を隠すのが賢明だろう。パターソンに見つかったら耳でもかじられかねない。

おれはキンブルのスーツケースを一時預かり所に任せてガレージに行った。十分後、爪の間に糸くずが詰まっただけでさして情報もつかめないままロビーに戻った。キンブルは車内に道路地図すら置いていない。見つけたのは半分ほど食べたペパーミントガムの包みだけだ。

ロビーの隅のけばけばしい入口からバーに入ると、アリシアがめかしこんだ黒髪の男と身を寄せ合うようにしてバーカウンターに座っていた。おれは彼女の背後から耳に触れた。

「野郎におごってくれないか、レディ？」おれは尋ねた。めかしこんだ男が身体を起こして非難の声を上げようとしたが、アリシアが笑ったので男はまたカウンターに落ち着いた。

「事件は解決したの、シャーロック？」

「依頼人の金を吸い尽くしてから事件を解決する。この業界の鉄則だ」おれは黒髪の男に目をやって視線をアリシアに戻した。「席を変えよう。こういうスツールにきちんと腰かけるほど、おれは若くない。筋トレなしで飲みたいね」

アリシアがカクテルグラスの残りを飲み干す。黒髪の男に微笑むとおれの後について部屋を横切り、奥の壁際にある低い長椅子に向かった。椅子の片側になんとか彼女を座らせ、その隣に腰を下ろす。ウェイターに頼んで、テーブルの位置を元に戻してもらった。小型のレーシングカーに乗り込んだような妙な感じだ。おれはライウィスキー・アンド・ソーダ、アリシアはダイキリのお代わりを頼んだ。

「いつの間にボディーガードを見つけたんだ？」革張りの背に沿って深く座り、原稿の冊子を取り出して横に置いた。ほの暗い灯りの下、アリシアの髪がたいまつのようにほのかに輝く。

彼女はくすくす笑い、少し肩をすぼめた。「わたしったらお金を忘れちゃったの。そうしたらミスター・シャピロがごちそうしましょうと言ってくれたからお言葉に甘えたわけ。さっきの彼がミスター・シャピロよ」彼女はバーカウンターのほうを身振りで示した。

「無作法にも程があるな、レディ。奴は怒っているはずだ」

「いいじゃない？　いざとなったらあなた戦えるでしょう？」

「ああ。だが相手は自分で選びたい。お膳立ては必要ない」

アリシアはおれの腕の下に手を入れて優しく握った。「さあ機嫌直して、シャーロック。わたし暇をつぶしていただけなんだから」

「ああ。それから、シャーロックと呼ばないでくれ」

「じゃあ何て呼ぼうかしら？　ファイロ？」アリシアは少し唇をとがらし、また腕を握ってきた。

「カーニーと呼んでくれ。古臭い《コーニー》、と聞こえるかもしれないが、ちょっと違うんだ」ウェイターが目の前に置いた飲み物を一息で飲み干し、合図をしてお代わりを頼んだ。わけのわからないおしゃべりはどうでもよい。おれは彼女に笑いかけ抑揚をつけてファルセットで歌った。「じゃあ、ぼくはアリシアと呼ぶから、これで友達だね？」

「まぁ、カーニーったら」彼女が微笑む。「これまでに何がわかったのか教えてよ」

「何もわかってない。遺体も出ていない」おれは酒を飲み干した。「ここで気の利いた奴が来るのを待って、気の利いた話をして奴に働いてもらって、おれたちは家に帰る。それですべてだ。退屈だろう?」

「それだけ?」アリシアが不満の声を上げる。

「そんなところだ」ドア口にボブ・ミデアリーの姿を見つけ、気づいてもらうために立ち上がろうとしたが、テーブルが膝に当たり中腰になった。椅子に座るか倒れるかしかない。仕方なく座った。ミデアリーがおれを見つけてバーの客の間を縫って近づいてくる。

「まさかおれにこんな椅子に座れっていうんじゃないだろうな、カージャックでもするつもりか」彼はにっこり笑い、大きな握りこぶしを突きだした。「調子はどうだい?」

ミデアリーは隣のテーブルから椅子を引きずってきて向かいに座った。彼はがっしりとした男だ。四角い顔にはしわが深く刻まれ、大きな鼻柱には、くすんだ茶褐色のそばかすがある。髪の色は白髪交じりの薄い赤毛だ。目立った特徴はない。サツみたいな印象で、実際そうだった。うそみたいだが彼は警察の仕事が好きだったし、サツらしく見えるのも気に入っていた。彼はおれが戦時中、捜査課に所属した時の最初の軍曹だった。共にものごとを隠ぺいしたり、他者を中傷してゆくうちに友達になった。ボブはおれに話している間も、アリシアから目を離さない。

「ボブ、ミス・プレンティスだ」おれは紹介した。「アリシア、彼はボブ・ミデアリー。ニューヨーク市警でも腕の立つ警官だったが、辞めてからだいぶ経った」

ボブはにっこり笑っておれに席を替わってくれと言ったが、聞こえないふりをした。おれはキンブルの写真を取り出し彼に手渡した。

「今回は現金払いだ、ボブ。大金じゃないがまずまずの額になる。対象は市全域。よくある人探しだが、マスコミやサツには内緒だ。引き受けてくれるか?」

「くれるか、だって?」ボブは憤慨した様子だ。「なんてこった、カーニー。この三週間おれが仕事にあぶれてたのを知らないのか? たくさんの男たちがオフィスにいるぜ。いくらでいつまでだ?」

「五十ドルだ。ここを失踪先から外したいんだ。明日には結果を知りたい」おれは写真をひっくり返し、鉛筆とメモ帳を出して写真の裏に特徴を書き記した。「これだけ情報があればいいだろう。彼は土曜の午後にこのホテルにチェックインした後、姿をくらませた。部屋は使われていない。自家用車はホテルのガレージに置きっぱなしだ。救急病院や他のホテル、警察の調書なんかを調べて、知らせてくれないか」

ボブは頷いた。「お安い御用だ」彼は特徴のところを声を出さずに読み上げると、再び頷いて写真を内ポケットに入れた。「金は?」

「ないよ」おれは首を横に振った。「請求書を送ってくれ。明細が必要でね」

「わかったよ、しみったれ。せめて一杯おごれよ」

おれにできるのはそれくらいだ。おれたちは三、四杯飲んで、コイン投げでどちらが支払うか決めた。負けたボブは泣かんばかりだ。「おまえはそのうち手付け六セントで十セントも出さなくなるな」不平をこぼした。だがうまいことにアリシアの電話番号を聞き出した。決して失敗しないよう、アリシアをデートリッヒのように扱った。アリシアはボブを見送ると悲しそうに首を横に振った。

「なんだかわからないけど、あなたたち探偵って、ぐっとくるわね」アリシアの目が輝いている。

「探偵とつきあうならおれにしとけ。さっさと出かけるとしよう。今日の仕事は終わりだ」

帰りはゆっくりと車を走らせた。車のトランクに入れたキンブルのスーツケースが、熱い石の上の蛇のようにおれの心に横たわる。気が塞いだが、アリシアはおれの分まで元気だった。途中で夕食と、二回のコーヒーブレイクを取り、プレンティス家の私車道に乗り入れたのは十時三十分頃だった。夏の夜のほの暗い月明かりが屋敷を照らす。玄関先で車を停めると、アリシアの方に手を伸ばして彼女が降りるのを引き留めた。

「明日の夜も会おうか」アリシアはさっと顔を上げ、おれの頬にキスした。

「六時よ、カーニー。ディナーなんかいいわね」おれは笑って頷いた。

「ママの懐が温かいうちに」

アリシアが手を振り、スカートを翻らせながら低い階段を優雅に上がって家の中に消えてゆくのを見守った。今日はもうミセス・プレンティスに会う気にはなれない。おれはクラッチを操作して走り去った。

おれはアパート近くの角に車を停め家に戻った。居間はむっとする空気と空しさに満ちていた。電気を点けないままベッドルームに入る。服を脱ぎ捨て、ポケットの中身を全部出してから水でシャワーを浴びた。タオルでざっと身体を拭いて居間に戻り、ブランデーのボトルとグラスを出す。パジャマを着て、ほろ酔いになった。キンブルの複写原稿が洋服ダンスの上にある。手に取ってベッドの上でぱらぱらと見た。

慎重に繰り返し目を通した。キンブルの人となりが少しずつ見え始め、彼の写真が脳裏に浮かんだ。実に好ましい男だ。彼の話はお説教じゃない。台本の前半は彼の提案の説明、後半は理解を深めるための主張で、わかりやすい言葉が使われている。キンブルは寛大な男だ。世界を恐れている男ではない。世界に立ち向かう男でもない。平穏を求め、他の人々にそのやり方を示したがっているだけの男だ。ミスター・キンブルに会うのが待ち遠しくなった。

ベッドランプのコードを引っ張って消し、暗い部屋でベッドに横たわった。忘れかけていたことを思い出した。今日の長い一日はおれの二十九回目の誕生日だった。おれは横たわりながら、キンブルについて、幸せな男になることについて思いを馳せた。

6

その日はふだんより念入りに身支度を整えた。野暮な件で裁判所に行かなければならないので、その準備をしていた。マダム・ギロチン（ギロチン台を指す）を訪れる時のフランスの貴族も同じ心持ちではなかっただろうか。新しいトロピカル・スーツを引っ張り出し、一番いいシルクシャツにカフスボタンを留めて、地味な茶と赤の縞柄のネクタイを選んだ。服をベッドに広げ、髭剃りにかかった。二度剃りして血が出ないうちに止める。震えながら水のシャワーを浴び、服を着た。清潔で落ち着きがあり、開いた墓穴程度には気を引き立てるネクタイを締めながら鏡越しに自分の顔を見た。

おれにとって大切な日だ。探偵稼業が試される。もしうまくいけば、保険料が転がり込んでくる。そうすればバカンスを楽しみ、新車を買い、ヨットで静かな午後のひとときを味わえる。私立探偵は毎週、雑多な仕事をかき集めて、不審な行動を取る妻や行方不明の学生、ロッカールームのささいな盗みを内々に調べるが、保険会社の金の方が旨味がある。

こうなったのも、これ以上ピンカートン探偵社（アメリカの私立探偵社・警備会社）を煩わせたくないからだ。だがおかげでずいぶん良い境遇になった。おれは単に幸運だった。幸運とたれこみ屋に恵まれた。警察沙汰になる以外のどんなことにも首を突っ込める。幸運とたれこみ屋、それが鍵だ。苦労した挙句に功を奏することもあるが、たれ込み屋を使うと話が速い。単独での仕事は揉めごとの元だ。一匹狼は見つけづらい。だがたいていの人は話好きで、ほとんどの人が他言無用の事柄を人に漏らす。そんなわけで旨味を吸っている。おれは依頼主のためにデパートを探った。目的を十分理解してくれて仕事の速いショーウィンドウ破りの芸術家レフコーに心付けをやった。それが始まりだ。心付けは五十ドルで、おれは老イーライ・ラザラスからそれを借りた。レフコーがちっぽけなダイヤのついたリングを盗った後、警備員は犯人を捕まえようとはせず追跡し、強盗特派隊から警官隊を呼んで、出入り口を塞がせた。密かに犯人の跡をつけ、目を離さなかった。二日後にレフコーはおれたちを故買屋に導いてくれた。そこで幸運が転がり込んできた。

たいていの犯人は奥の手を使わない。近くの街で質に入れるか三流の密売屋に売りつけて、金を受け取ろうとする。だがレフコーは盗品を引き受ける故買屋を知っていたので、保険会社もさらなる情報を欲しがった。レフコーが盗品を故買屋に見せている時、十四人の男がロープでイースト・ラングトリーの出入りを阻止していた。彼を五分で閉じ込め、柵を完全に閉じた。引き出しの中には指輪、犯人のポケットには金が入っていた。だがそれはまだ序の口だ。

故買屋はルー・シャーボンディだった。奴には前科がある。逮捕歴が何度かあるが、有罪にはなっていない。奴は中古車販売を営んでいて、同じオフィスで副業を行っていた。中古車販売だけでもシャーボンディが悪党だと証明できるかもしれないが、ム所に入れるにはそれ以上のものが必要だった。困っていたのは目撃者がいない点だ。盗人のレフコーはだんまりを決め込んでいる。故買の現場を見た者はいない。おれにたれ込んだ奴がいたが、前科があるので裁判所では役立たずで却って不利だった。中古車の座席の詰め物の中から何点か宝飾品を見つけたが、シャーボンディまでたどり着かなかった。おれたちはダイヤを見つけた。シャーボンディのおかげで、おれたちは緊張を強いられている。

地元の有力者や地区弁護士連盟の不正の判決が載る日曜版で目にするような展開は、シャーボンディにはなかった。彼には便利な人脈があり、警察に内通する人物や地元の治安判事を味方に持ち、コネができると目されるところには金をばらまいた。奴を守ってくれるウォーフィールド弁護士のためにも金が必要だった。だからこそ、おれたちは気が抜けない。

おれは軽い朝食を詰め込み、コーヒーを三杯流し込んだ。喉が乾燥していて、軽く気おくれしていた。車で郡裁判所に着くと、その辺りでは唯一、車の脇をかすられたりしない警察の駐車場に停めた。地下道を通り抜け、漂白剤のきつい臭いをかがないようにした。エレベーターで地階から三階に上がり、刑事裁判所の証人席に入った。

最初に着いたようで、地区検事が例によって大げさな説明を長々としていた。そして検事は証人の話を聞きたい者がいるか尋ねた。おれが現場に近づいたこともないと言ったところで、信用されないだろう。

想像したとおり散々だった。おれは虚栄心の強い、低俗な嘘つき男だとウォーフィールド弁護士は並べ立てた。検事は尋問に三時間をかけ、検事の口から出るおれの人物像を聞いて自殺したくなった。昼食後、地区検事は再びおれを吊し上げ、ウォーフィールドも攻め立ててきたが、なんとか切り抜けた。三時半には、疲れ切ってどんな判決でも良くなった。地区検事が嬉々としている一方、ウォーフィールドはやつれ切った表情だった。そしてジョンソン・カンパニーのネッド・ハーヴィーから名刺を手渡され、明日電話をくれ、と言われた。保険屋のための裁判なのだ。善良な警官なら、恐らく善良な警官だからこそ、たいていは証人台に立つ価値はない。

おれはこっそり出ていき自家用車に乗った。いつもの駐車場に行き、ポンコツ車を停めると、ビール目当てに〈サムズ〉に向かった。法廷でいたぶられたのを考えまいとした。ウォーフィールドは戦うには残忍な男で、敗訴して評判を落とすようなへまはしない。地区検事も巧みだ。若さに任せて荒手に片をつけ、名声を得ようと目論んでいる。検察官の名はデメトリオス・マーゴリーズという。彼の父親はギリシャ人街のサウスエンドで果物店を経営している。

何も定まらない。シャーボンディもさほど長けてはいない。おれたちはすべて冷静に受け止めるが、予測不能としか思えない。心配するのを止め、ニュージャージー州の競馬を予想しようとした。歪んだ判断を忘れて、完璧に美しい五ドル札で冷えたビールをお代わりした。頭からこりが取れ、荒い鼻息が深い呼吸に変わった。

〈サムズ〉を出たがまだしらふだったので、サードストリートを通ってイーライ・ラザラスの店に向かった。イーライは裁判の報告を聞きたいだろうし、おれもはやく伝えたかった。

彼は冷静さの塊だ。心配などしない。彼の低い声で十分ほど慰められ、おれはいつもの調子に戻った。イーライは街で一番の大人物だと請け合う。彼は店を相続したが、それはたいした話ではない。彼が六階建ての店を譲り受けた時、その地域は成長していた。二十年後の今では、街で最もにぎやかな一画で十七階建となっている。最上階にはラジオ局があり、数階を高賃料のオフィスフロアにして、隅にはイーライの個人銀行を持っている。彼は大学時代、銀行家を志していた。父の死後、店舗を引き継ぎはしたが、銀行も開いたわけだ。不定期で色々な事業が出入りし、中でも彼の信用貸しの仕事はうまく行き、彼は不動産にも手を伸ばした。街に三店舗展開している。どこもあまり場所が良くないので、移転したがっている。イーライはそれを良しとし、街の外に出るようにさせた。だがもっと良い地区に一画を求められたら――無駄だ。イーライの銀行が所有者で売りには出さない。

それはいいビジネスで、彼にはビジネスの才能があった。だがそれ以外の才能もある。従業員向けのカントリークラブと新しい形の診療費無料の病院、そしてがん研究所のためのラザラス基金を設けた。それに毎年夏にはどの子供でも入れる入場料無料のサーカスもあった。大テントではなく、余興めいたもので、わたあめやアイスクリームやピンクレモネードの屋台、ポニーに乗れる程度のものだが、おれは心を魅かれた。子供の時に体験したかったことばかりだ。確か、どの子供も、大きくなったら一年に一度はサーカス巡業をしたいと思っていると思う。おれは自分の消防車も持つつもりだった。そして父親のように黒い葉巻を吸い、赤い格子縞のベストと馬蹄型の飾りピンをする。おれにはどれも出来ていない。イーライは実際にサーカスを興行した唯一の男だ。

今は私立探偵で自分のオフィスを持ち、うまくやっている。だがそれもイーライの後ろ盾あってのことだ。戦前おれは彼の用心棒だった。軍の犯罪捜査部で五年働いた後、自立する心積もりができていた。いくらかまとまった金があったし——南太平洋では金など使わない——除隊休暇費もあった。独り立ちはしたものの、イーライがカモりやすい人物のリストをくれなければ三カ月で店じまいしていただろう。彼は従業員として雇ってくれた。おれは彼の店のために新たな監視システムを設け、従事している従業員をしばしば調査した。そして大きな仕事をしてからは家賃や食費を稼げる程度になった。それが三年前で、今では定期的にイーライに確認してもらわなくてもよくなった。だがいつも彼と一緒に仕事をしたいと思っている。

おれはイーライに追い出されるまでしばらく彼と話した。それから車で家に戻り水のシャワーを浴びた。水に浸かりながらアリシアとのデートが楽しみになるよう気持ちを切り替える。裁判所の臭いが鼻についていてはアリシアと会ってもぎくしゃくする。消毒液と不潔な死体のすえた臭い。残忍性と恐れ、ぎこちなく操作される正義。バスタブでそれらを洗い流そうとした。

腰にタオルを巻きブランデーソーダを作り、グラスを手にベッドに寝そべった。三杯飲んだところで世界がわずかに明るくなった。グラスから氷を取り出して口に含みながら、やっとの思いで服を着替えた。ビルを出たのは五時半だった。

おれはマンチェスター・パイク方面のバイパスを通って高速に乗ると、ちょうど夕方の帰宅ラッシュで渋滞に飲み込まれた。脇道へそれて線路を越え、パイクと並行して走る狭いアスファルト道路を進んだ。おんぼろのツードアセダンに乗っていた大学生の頃は渋滞を縫って走るのが好きだったが、それを楽しいと思うほど若くはない。

ガソリンメーターの針が残量なしを指していたので、マリオン・デーンズタウンの交差点でガソリンスタンドへ入った。その時になって、今日一日ずっと気がかりだったことを思い出した。ジャクソン将軍に報告する約束だ。クーペを降りスタンドに向かう。汚れた黒い靴を履き、脂がついた服を着たふたりの男がデスクに寄りかかっていた。男たちはデスクからゆっくり離れると、お互いの疲れた顔をこっそり見合わせた。

「あんた、どれだけ入れる？」男はだるそうに立ち上がり両腕を伸ばして大きなあくびをすると、薄い布製の縁なし帽の下の頭を掻いた。

「10ガロン頼む。電話はかけられるか？」

男がドア口で立ち止まる。「公衆電話はないんだよ。街に電話するならデスクに二十五セント置いてってくれ」

おれは頷き、電話交換手が〈伝道本部〉の電話番号に繋いでいる間にクオーター硬貨を取り出した。

電話の向こうに女性が出た。ヴェルヴェットのようにしっとりとした黒人女性の声だ。女性は大声でジャクソンを呼んで電話を代わった。

「将軍かい、カーニー・ワイルドだ。連絡が遅くなってすまない」

「いいんですよ、ミスター・ワイルド。オフィスに電話したらお留守だったので連絡をくださると思っていました。少し待ちましたが」ジャクソンの声は低く、寛容さがあった。

「もう少しで忘れるところだったよ、将軍。現状報告をする。ミスター・キンブルの友人達や彼の奥さんに会った。それからニューヨークに行って彼の私物を取ってきた。これから彼の奥さんに返しにゆく。それからニューヨークで仲間に聞き込みさせている。そんなところだ。新たな情報は得ていない」

「まずまず順調ですね、ミスター・ワイルド、本当に良かった。費用がかさみませんでしたか?」

「無料《ただ》とはいかないさ、将軍。でもあんたは心配しないでいい。ミセス・プレンティスが引き受けてくれる」

ジャクソンは一瞬押し黙った。「わかりました」

「勘違いしないでくれ。費用は夫人次第で、教会の所有者は彼女だ。それでもあんたはおれの依頼人だよ。それだと困るかい?」

「いや、そんなことは」ジャクソンは慎重に言った。「よろしいかと思います、ミスター・ワイルド。ここでキンブル師の物をまとめていました。ブラザー・ドッジにどうするか訊くつもりでしたが、今日は来ませんでした。どうしたら良いと思います、ミスター・ワイルド?」

「ちくしょう、そんなこと知るか、将軍。ドッジに渡せばいいだろう。どんな品なんだ?」

「下品な言葉はお控え下さい、ミスター・ワイルド。ふさわしくありません」

「すまん、将軍。日頃ろくな奴と会ってないせいかな。ところで、どんな品なんだ？」

「そうですね、会計簿が二冊。片方は募金用、もう片方は食費や紙代、雑誌代用です。それから手紙が数通、ラジオ説教用の台本。実に素晴らしいお言葉ですよ、ミスター・ワイルド。読んでいると声が聞こえてくるようです。もっともあなたはキンブル師のお説教を聞いたことが無いでしょうね」

「一回もないね、将軍」

「伝道者は実に素晴らしいのですよ、ミスター・ワイルド。素晴らしい方です。こういったラジオ説教も、実に巧みにできています。納得のゆく出来になるまで、ずいぶんと手直しをしているはずです」

「どんな手直しだい、将軍？」脳裏にある考えが浮かんだ。たわいもない考えだ。

「いくつか鉛筆で書きこんでいますよ、ミスター・ワイルド。聞き取りやすいようにそうしているのでしょう」

「なんだって、将軍。ちょっと待ってくれ。手元に原稿はあるかい？」

「ええ、後ろの机の中です」

「取り出してくれ、将軍。さあすぐに」

おれは受話器をデスクに置き、慌てて外に出た。店員の横をすり抜けて車のドアを開け、シートの後ろの台から複写原稿をつかんでデスクに戻る。ジャクソンはまだ電話口に出ていなかった。荒い息で立ったまま油じみのある日焼けした壁を見ていると、店員が回転いすに戻ってきておれを疑い深げに見た。

電話口にジャクソンが戻ってきた。「もしもし、ミスター・ワイルド。取ってきましたよ」

おれは表紙をめくり、鉛筆を取り出した。「よし、将軍。始めから読んでいって、手直しの箇所を読み上げてくれ」

ジャクソンは人前で話す者の常として、聞きなれた導入部も堂々と抑揚をつけて読んだ。そしてキンブルが手直しをした部分に来た。おれは五箇所を訂正してから彼に話しかけた。

「わかったよ将軍。これが知りたかったんだ」これこそ知りたかったことだ。ありがちな失踪者探しが、たちの悪い様相を見せ始めた。

ジャクソンは戸惑いながらも納得したようだった。「これからわたしはどうしたらいいんです、ミスター・ワイルド?」

「教会のドアを閉めるのは何時だい?」

「そうですね、いつもは七時くらいですが、信者さんがいたりすると遅くなることがあります。天気の良い日にはそんなことはめったにありません」

「オーケイ。封筒に原稿を入れて封を閉じるんだ。おれのオフィス宛に送ってくれ。切手に三セントかかるだけだ。教会のドアを施錠する前に、今すぐにでも投函しろ。翌朝には原稿が欲しい」

「ええ、そのようにします、ミスター・ワイルド。失礼します」彼の低い声は敬虔な響きだが、おれはそれ以上のものが欲しかった。頭を切り替える必要がある。ここ数日、推理がうまく働かなかった。すきのない店員と目が合った。「いくらだ?」

「ガソリンが一ドル九十セント。電話代として五十セント。あんたはひどくおしゃべりだな」

冗談のつもりらしい。互いに満面の笑みを湛えたまま、おれは支払いを済ませた。おれの笑顔はドア口まで続かなかった。車に乗り込み発進する。たちの悪い考えに合わせるように息が浅くなる。手直しされた原稿。考えをまとめようとした。選択肢を挙げて妥当な線を見つける。いくつかは試す甲斐がありそうだ。それもアリシア次第だろう。そして何本か電話をかける必要がある。

7

　プレンティス家の長い私車道に入って行ったのは六時五分過ぎだった。中庭と私車道は車でほぼ埋まっている。駐車の列の最後尾に車を停め、車五台を通り過ぎて玄関に着いた。真珠貝でできた玄関ベルを押して待つ。ドアを開けてくれたのはアリシアだ。熱帯の月夜に映える薄い生地のワンピースを身につけ、落ち着きを感じさせつつ刺激的な姿の彼女が、目を輝かせて見開いた。彼女はすばやく出てくると玄関のドアを閉める。

「母さんが皆をディナーに呼んだの」アリシアが静かに囁く。「母さんがあなたに気づく前に出かけようよ」

　アリシアが腕を引っ張ったのでおれは彼女にもたれかかる形のまま、引っ張られるに任せた。「そうはいかないんだ、アリシア」おれは普通の声量で言った。「今は勤務中の身だ」

「いやよ、カーニー」彼女は唇をとがらせた。「母さんに見つかったら何時間もつかまるわ。それにスペシャルカクテルを何杯も飲ませるはず。そんなの時間の無駄だってば。親切心で言っているのよ」

　おれは彼女を避けて腕を伸ばし、ドアを押し開けた。「悪い、アリシア、気を悪くしないでくれ。しばらく家の電話を借りてから、きみのママと話がある。一刻を争うんだ」

彼女は玄関ホールにおれを招じ入れると、振り返って至近距離で立ち止まった。まだ唇をとがらせている。顔にうっすらと化粧を施している。かすかな香りは、彼女の真っ赤な口紅から漂っているようだ。おれは彼女の鼻先にすばやくキスをして彼女の横を通り過ぎた。玄関ホールは広くてひんやりとしている。複雑な寄せ木張りの床はワックスがけされていて家具は最小限だ。荘厳な階段が長く二階まで伸びている。左手のアーチの先には花で飾られた客間があり、軽快で楽しそうな人々の話し声が聞こえた。アリシアがおれの後ろ裾を引っ張り、階段の下のガラスドアを指差した。ドアの奥には壁掛け式の電話、一方の壁に木製の幅広の長椅子、そしてメモ書き用の棚板があった。おれが中に入るとアリシアも身をよじるようにして一緒に入ってきた。彼女が受話器を取って差し出す。

おれは長距離電話だと交換手に告げ、ミセス・プレンティスからもらったメモを出してニューヨークのミスター・パターソンのオフィスの電話番号を読み上げた。交換手がカチカチと音を立てている間、アリシアの耳をそっとかじった。「ラジオ原稿は全部でいくつ作ったんだい、アリシア?」

彼女は一瞬、身を強ばらせてから答えた。

「ええと、最終原稿として三部作ったわ。でもそれが――」

「いつ作ったんだい?」

アリシアはおれの肩口に寄り添い、鼻をおれの顎の下にすり寄せた。

「木曜だったわ、ミスター・ワイルド。とってもすてきな木曜日だった。でも今日もすてき、ワンピースはおろし立てなのよ」

「きみはいつでもかわいいよ、アリシア。あと少しですてきな時間を過ごせる。すると原稿は三冊あったわけだ。きみは一冊をラジオ局に送ったんだな?」顎の下で彼女が頷く。「そしてキンブルは二冊持っていたのか?」彼女は再び頷いた。交換手がパターソンのオフィスに電話回線をつないだ。彼は社内を移動中で、職員が彼を見つけようとしていた。

音声制御室でパターソンをつかまえることができたが、仕事を邪魔されて不機嫌だった。特に電話の相手が誰だか知ると、さらに気分を害した。彼が電話を切らないよう、早口で話さねばならなかったが、おれが質問できるくらいには相手も冷静だった。

「原稿を手直ししたい、とミスター・キンブルから金曜に電話をもらっただろう、ミスター・パターソン。覚えているか? その原稿を今でも持っているか?」

「ちくしょう、知るか」彼は嚙みついた。「おれのデスクにあるかもしれないし、捨てたかもしれない。どうでもいいだろう?」

「あいにく重要なんだよ、ミスター・パターソン。おれの言うことをよく聞いてくれ。原稿を見つけて、手直しした箇所を読み上げてくれないか?」

パターソンは始め腹を立てていたようだが、しばらく待てと言って、自分のオフィスに行った。少しして電話口に戻り、また吠えた。「ほら、くそったれ、持ってきたぞ」

彼は最初のページをすごい勢いで読み上げた。おれは最初の五つの手直し箇所をもう一度ゆっくり読ませた。そしてさっきジャクソンが読んでくれた手直し箇所と比べてみた。すべて一致している。

パターソンに礼を言うと、彼は、もう二度と電話してくるな、と念を押して、電話口で原稿を振ったので、耳元で山火事のような音がした。おれは覚えておく、といって電話を切った。

「終わったよ、アリシア。涙が出そうだ。さあ、お次はママだ」

「でもカーニー、いったい何なの?」

「これから見ものだぞ。おいで」

ドアノブに手を伸ばしたが立ち止まった。何かを見落としている気がする。「待ってくれ」再び受話器を取り、交換手にどうにかボブ・ミデアリーとつないでくれるよう頼んだ。交換手は彼のオフィス、アパート、緊急連絡先に繋いだ。おれとアリシアはただじっと交換手が電話に繋ぐのを待った。ミデアリーはつかまらず、誰も行く先を知らなかった。おれは伝言を残さなかった。明日彼のオフィスでつかまえられるからだ。おれは交換手に電話を切ると告げた後、アリシアを電話部屋から出して、後に続いた。

玄関ホールに戻り客間に向かった。部屋の中央に着くと、奥に図書室兼遊技室があり、八人の客がグラスを持って、大きなパンチ・ボウルの周りに集まっているのが見えた。ミセス・プレンティスは、金色のアンティークの椅子に腰かけて目を行き届かせている。片手に持っている長いレードルが笏《しゃく》のようだ。ミセス・キンブルが隣の席にいる。ブラザー・ドッジとアレック・プレンティスが窓辺で顔を突き合わせている。知っているのは、その四人だけだった。ミセス・キンブルは二度見てから判った。プレンティス家の柔らかい間接照明のせいか、夫人のやつれきった顔のしわが薄れ、血の気の薄れていた肌にも赤みが差している。いつものロングドレスを着ているが、今日はローズグレーで、彼女の雰囲気によく似合っている。

ドア口にいるおれに気づいたミセス・プレンティスが声を上げた。「ミスター・ワイルド、一日中どこに行っていたの？　連絡を取りたかったのよ。さあカクテルをどうぞ」夫人は椅子から立ち上がらなかったが、長くほっそりとした手を差し出し、おれが来るのを待った。

「今日はひどく忙しくてね、ミセス・プレンティス」おれはそう言って手を差し伸べ、おざなりの握手をした。夫人は手を離すとカットグラスのカップを差し出した。おれが受け取ると、夫人は薄いピンク色をした飲み物をカップの縁まで入れてくれた。「できたらふたりだけで少し話したくてね、ミセス・プレンティス。耳に入れたい話がある」

「それはまた謎めいていること、ミスター・ワイルド。そんな言い方をされるとお金を払っている甲斐があるというものだわ」澄んだ鋭い声だ。静かに談笑をしていた客たちは話を止め、こちらに目を向けた。

「ミスター・ワイルドは私立探偵ですの」夫人は部屋の客たちに言った。「そう聞くと、国際スパイみたいでしょう」夫人はくすくす笑いながらおれに向き直った。「さあ、これで隠し立てする必要はなくなったわ、ミスター・ワイルド。謎など必要ないの。この方々は皆、信者さんなのですから」

アリシアがおれの前に立ってウインクをするとグラスを取り上げ、母親の隣に座った。おれはしばらく黙って立っていた。ミセス・キンブルの不安そうな黒い瞳が、夏の嵐のようにおれを見回す。

「まずはあなたの耳に入れるべきかと、ミセス・プレンティス。そう薦めるが」

「まあ、ミスター・ワイルド、いったい何なの？」夫人が噛みつく。

おれは肩をすくめた。「オーケイ。それがあなたの望みなら。言いたかったのは、ミスター・キンブルがニューヨークに行っていない、と信じるに足る理由をつかんだということだ。彼は街すら出ていないと思う。すぐに警察に通報すべきだ。そう内密に言いたかったんだ、ミセス・プレンティス」

部屋が静まりかえった。アリシアが息を飲む。ミセス・プレンティスは社交性を失ない、口をかすかに開けておれを見つめた。「なぜ……その、どういう意味かしら、ミスター・ワイルド？」夫人が口ごもる。

おれは複写原稿を頭上に掲げて空中で振った。「これが、ミスター・キンブルのラジオ放送用の原稿だ。この原稿について説明させてくれ」

「ミスター・キンブルは説教を書いた。そしてアリシアがタイプで清書して最終的に三冊同じものを作った。キンブルは一冊をラジオ局に送った。一冊は保管して、もう一冊は練習用に自分で持っていた。そして金曜になって彼は原稿を手直しした。彼は〈伝道本部〉でラジオ局に電話をかけ、原稿文を変えた。当然ながら、保管用はわざわざ直さなかった。だからキンブルがニューヨークに行かなかったとわかったんだ」

ミセス・プレンティスはふらふらと立ち上がり、椅子の背をつかんだ。「いったい何を……」夫人の顔は緊張で血の気が失せ、声が強ばっている。アレックがおれをきつくにらんだ。

おれはミセス・キンブルに目を向けた。両手を膝の上に置いてじっと座り、目だけを動かしている。

「気の毒だな、ミセス・キンブル。だがおれはそう推理した。ニューヨークのホテルで原稿を見つけたが、それは保管用のもので、手直しがされていなかった。妙だと思った理由はそれだけじゃない。さっき〈伝道本部〉のジャクソンと話した。ミスター・キンブルのデスクの中には手直しされた原稿があった」おれは皆に考える時間をやり、横にあるテーブルのシガレットケースからタバコを取った。

ドッジが窓辺から勢いよくミセス・キンブルのほうに向かった。夫人の肩に腕を回し、慰めるように一度軽く叩く。彼のパテのような色の顔はげんなりとしている。部屋にいる者たちは、おれが教会で叫び声を上げたかのような目で見ている。

ミセス・プレンティスが再び座った。「するとあなたが思うに……」

「ミスター・キンブルが手直しした原稿なしでニューヨークに行くとは思えない。それがおれの推理だ」

ミセス・キンブルは一瞬こちらに鋭いまなざしを向けると、まぶたを閉じた。ゆっくりと前のめりになり、膝から床に崩れ、厚いカーペットで頭を打った。パーティーはお開きだ。

「ドクター・ディーシズ」ミセス・プレンティスがすかさず呼ぶ。夫人が得意とするものだ。「ミセス・キンブルを看てあげてください」夫人がおれをにらむ。

ドッジは叫んだ「なんて奴だ！」

アリシアが飛び上がり、おれの腕をつかむ。

いかめしい、棺のような輪郭をした禿頭の老紳士がミセス・キンブルにすばやく近づく。彼は一瞬、非難めいた暗いまなざしをこちらに向けてから、夫人の脇にひざまずいた。薄い手を夫人の手首に回し、しばらくしてからドッジに向かって事務的に頷いた。おれはアリシアにされるがまま客間へ戻った。

「ママはカンカンよ」彼女が張りつめた声で囁く。「ふたりでここから退散したほうがいいわ」

おれは首を横に振り、ドアのそばにある長い食事用テーブルの縁に腰をかけた。しばらくの沈黙の後、息子の腕にもたれかかるようにしてミセス・プレンティスがやってきた。プレンティス家の子息はおれに鼻を鳴らしたが、母親が息子を諌めた。「ミスター・ワイルド、わたしのオフィスでお話があります」夫人が冷ややかに言う。

アリシアとおれは夫人の後に続いた。ミセス・プレンティスは自分のデスクに座るとアリシアに出ていくよう命じた。それからよくある母と娘のやりとりがあり、とうとうアリシアは降参した。アレックは近くにいて、おれが彼の家の女性たちに危害を加える場合に備えている。おれは家族の諍いをよそに、奥行きのある更紗地の肘掛椅子に腰を降ろした。灰皿を手元に引き、椅子の背にもたれて脚を組む。

「ねえ、ミスター・ワイルド」ミセス・プレンティスが噛みつく。「あなたの言葉のせいでミセス・キンブルがひどくショックを受けたのはご存じよね。ドクター・ディーシズとミスター・ドッジが夫人を家まで送っていきました。彼女の目の前であんなことを言うなんてどうかしているわ。根拠があるんでしょうね？」夫人はおれが十戒を読んだといってもいいとでもいうように、冷たく怒りに満ちた目で注視している。

おれは再び肩をすくめた。「依頼された調査の報告をしただけだ。あそこで話せといったから従ったまでだよ。根拠があるからこそ、推理に自信がある。キンブルの失踪が事故だという線は消えた。簡単に言えば、彼は身を隠したか、何者かに誘拐された。いずれにしろ警察が必要だ」おれはつとめて落ち着いた声で言った。

「どういう推理なの、ミスター・ワイルド？」ミセス・プレンティスが冷笑し、彼女の息子も一緒にせせら笑った。アレックは初めはそんな顔をしていなかったが、母親にうまく合わせた。

「原稿だ」おれは淡々と言った。

「入手したのはそれだけ？　招待されてもいないのにやってきてミセス・キンブルの命が縮まるほど怯えさせ、ディナーパーティーを台無しにした。その根拠といえば、ミスター・キンブルがうっかり違う原稿を持っていったから」ミセス・プレンティスの声は鞭打つようで、おれの皮膚に裂き傷ができそうだ。動揺することなく夫人がどのように家や立ち上げた教会を管理しているかが、手に取るようにわかった。「ミスター・ワイルド、あなたどうかしているわ」

おれは立ち上がり机越しにタバコの煙を吐いた。「依頼したのはあんただ、ミセス・プレンティス。どうしようとあんた次第。キンブルが手直し前の原稿を持って出発したとはどうしても思えない。だが、仮に持っていったとしよう」おれは机上に身を乗り出し、夫人の顔先で話した。「彼はニューヨークに到着してチェックインをした。髭剃りセットを洗面所に広げ、原稿を出して電話の脇にメガネを置く。そして今一度原稿に目を通し、手直し前の原稿を持ってきたと気づく。それで彼はどうする、ミセス・プレンティス？　彼の立場になれば、おれの言っている意味がわかるはずだ。あなたならどうします?」おれは上体を起こし、夫人に考える時間を与えた。

夫人は黙ったままこちらをにらんでいる。瞳の奥で考えを巡らせていて、真剣に考えている様子が顔に出ていた。夫人は答えない。

おれは夫人の代わりに答えた。「ラジオ局に電話するはずだ、ミセス・プレンティス。リハーサルできるようにラジオ局にある手直し済みの台本を手配するはずだ。途中段階の複写原稿を訂正もしないまま、衝動的に失踪を決意するとは思えない。彼らしくない。おれには信じられない。聞き込みをした限りでは、キンブルをホテルで見たと証言する者は誰もいない。彼はラジオ局に電話もしていなかった」

ミセス・プレンティスは考え深げにおれを見た。

おれは灰皿でタバコをもみ消し、ドアに向かった。「明日の朝には最終報告書を送るよ、ミセス・プレンティス。同じものを警察に送るつもりだ」

「だめよ！　ミスター・ワイルド。ねえ、戻ってきて」ミセス・プレンティスが呼ぶ。

おれはドア口で立ち止まり、肩ごしに言った。「警察案件だよ、ミセス・プレンティス」

「どうしてそうわかるの？　そんな些細なことで事件と決めつけていいの」ミセス・プレンティスが嘆き叫ぶ。体裁を崩し、手におえない問題を抱えた女性になった。

「あんたのいうとおりだ。確かに原稿の件は些細だが、そのおかげでホテルの部屋に偽装工作がされていたとわかった。そうなるとすべてが疑わしくなる。あんたはひどく警察を恐れているようだな、ミセス・プレンティス。お望みなら内密に捜査をしてもらえる。薦めはしないが」

「内密でもいいじゃない？」夫人がすばやく尋ねる。

「失踪者を探すには公表がつきものだ、ミセス・プレンティス。捜査技術の半分に当たる。内密に捜査するのは実に悪条件なんだ」

ミセス・プレンティスは急に震えだした。両手で顔を覆い、震えながら深く息を吸う。アレックは窓辺で仁王立ちしておれをにらみ、隙あらばおれを投げ飛ばそうとしている。少なくともその気だ。

ミセス・プレンティスの声が両手のせいでこもって聞こえた。少し震えているが実にしゃんとしていた。「あなたのいう通りかもしれない、ミスター・ワイルド。頭の整理がつかないわ。どうするか明日まで待ってくださる？」

「構わないさ。今夜はずいぶん時間を食っちまった。明日の朝のほうがむしろ好都合だ。朝に電話をするから、よく考えておいてくれ」

「わかりました。考えておきます」顔を両手で覆ったままだ。肩の震えがようやく収まってきた。

「失礼するよ、ミセス・プレンティス。明日電話する」ドア口から廊下に出ると、夫人が泣き出した。おれは背後にかすかな泣き声を聞きながら玄関ドアを開けた。逃げ出したかった。母親を冒瀆したとしてプレンティス家の子息に頭の皮をはがされるのはご免こうむりたい。

原稿がミセス・プレンティスのヒントになったように、おれにとってもヒントになった。だが何も証明したわけではない。有罪の男がおののいて顔面蒼白になってでもいない限り、正義の裁きを突きつけるものではない。兆候があるのだ。完璧に滑らかであるはずの鏡に、小さな亀裂がある。小さな傷だが致命的で、鋼のように非情だ。

8

次第に日が落ちるにつれ山頂から谷に冷気が降りてきた。プレンティス家からの影が冷ややかさを映し出すように私車道に伸びている。おれはまたタバコに火を点け、深く吸い込むと車に乗り込んだ。アリシアがおれの手を優しく叩き助手席に座った。彼女の薄い生地のワンピースを夏の夕日が包む。

「思ったより時間がかかったのね、シャーロック。ひどい目に遭った?」陰になっている彼女の瞳が輝く。

「勝つべき者が勝つ、といったところだな、アリシア。ところでここでいったい何をしているんだ?」

「まあ! あきれた! わたしたちデート中でしょう、ミスター・カーニー・ワイルド。夕食の約束よ、もうお腹ペコペコ。わたしを振って捨てたりしないでしょう。とにかく何か食べさせてくれなきゃ」

「悪かった、アリシア。すっかり忘れていた」おれは窓の外を見ながら、タバコの煙で煙幕を張った。疲れていたし、バカンスはずっとご無沙汰だった。「〈サムズ〉に行くか。ステーキをおごるよ。きみはサムをからかえばいい」

マンチェスター・パイクをゆっくりとした速度で戻る。途中でマリオン地区に立ち寄った。ガソリンスタンドなどの店が数軒、鉄道の駅には、帰りの遅い通勤者を期待するタクシーが二台、若い女性向けの品揃えのドラッグストア近くの角には疲れた警官が立っていた。ちょうど角を曲がった辺りでエンジンが止まった。車は耳障りな咳のような音を二度立て、長い悲鳴を上げるように止まった。駅の駐車場まで辿りつく余力を何とか絞り出そうとした。するとアリシアが堰を切ったように笑った。

「悪い冗談じゃないでしょうね、カーニー」彼女があえぐ。「ガス欠なんて言わないでよ！」彼女は大はしゃぎで窓の外を指差した。「それによりによってこの場所で！　お巡りさんの目の前よ！　ああ、あなた運転の腕が落ちたわね！」

おれはぎこちなく車を降りた。「そのばか笑いを止めるんだ、アリシア。でないと縛り上げるぞ」おれは唸った。車のボンネットを開けて調べる。エンジンについて知っているのはごくわずかだが、知る限り半分は不具合が生じている。回線か点火プラグの不良でない限り、整備士を必要とする。エンジンをじっくりと調べた。やはり整備士が必要だ。

警官が角からゆっくりと歩いてくる。帽子のつばに触れてアリシアに挨拶をすると手助けを申し出た。彼女が声をひそめると、笑いながらおれの隣に来た警官が彼女に話しかけ、前に面識があることを彼女に思い出させた。おれは彼らの思い出話を無視して、窓から頭を突っ込んでダッシュボードを見た。エンジンキーを回しガスメーターが上がるのを待った。目盛は微動だにせず、むっつりと「空」を示している。手の平の根本でガスメーターを叩いたが変化がない。後ろに回ってガスタンクを調べた。片脚をバンパーの下にかけ、ゆっくりと蹴り上げた。おれの災難を揶揄する、ブリキの太鼓のドラムロールのような鈍い音がした。アリシアと知り合いの警官はこちらに歩いてきて、おれの道化ぶりを観察している。油じみた砂利道に膝をつき、ガソリンの煙も覚悟の上でバンパーの下に潜った。タンクの下の四角い栓の回りに広く濡れた箇所がある。ガソリンを使い果たした――それも巧妙な工作によって。おれは下に手を伸ばして指で栓を確かめた。半分開いている。栓をきつく締めてゆっくりと立ち上がった。だがほとんど効果がない。いつものようにつなぎ部分を叩く。

車の後部付近に立ち、両手をハンカチで入念に拭いた。ガス欠がどうにも気に入らない。これが事故でないことは探偵でなくてもわかる。ひとけのない道を走行中だったら、ガソリンを入れられるまで一時間はかかっただろう。おれを厄介払いしようとした者がいるのが解せない。だが想像はつく。想像力は豊かだ。もっとも確信はないが。

ミセス・プレンティスに招待された客たちはこんな悪ふざけをするタイプではない。アレックならやりそうだが、彼はずっと視野の中にいた。アリシアは今、警官と笑っている。彼らは車の前方に立ち、酔っぱらいの水兵のように浮かれている。おれは真顔で彼女を見た。ガソリンタンクを身振りで示す。

「きみが思いついたのはこれか?」

アリシアは合点がいかない様子で首を横に振った。そして笑い声がだんだん小さくなる。「いいえ」彼女は真面目に答えた。「違う、わたしじゃないわ、カーニー。大事なことなの?」

「きみが車に潜り込んだのはいつだ?」おれは茶化す気にはなれなかった。取り越し苦労かもしれないが、まずは様々な仮定を消去しなければならない。

「母さんのオフィスから追い出されてすぐよ。どうしたの、カーニー?」彼女がおれの腕を強くつかむ。

「いいんだ、アリシア。たいしたことじゃない」ゆっくりと答え、警官を指差した。「手を貸してくれるか、お巡りさん？　ガソリンスタンドまで押して行かなきゃならない。ガス欠でね」

警官はひとりで大笑いした。アリシアは黙ったまま、おれの袖にまだ手を置いている。おれは窓から手を差し入れ、片手でハンドルを操りながらフロントガラスの枠に体重をゆっくりとかけた。警官は後ろに回り、二百ポンドはゆうに超えるだろう体重で後部車輪の側面を押している。車はゆっくりと動きだし、かすかな下り勾配を進んで道路の反対側のガソリンスタンドに入った。車を少し進ませ、給油機の横で腕を伸ばし、サイドブレーキを強くかけた。

警官はおれの礼を無視した。彼はアリシアに顔を向け、ざらついた声で何か囁くと含み笑いをしながら持ち場に戻っていった。おれは店員に一ドル九十セントを渡して十ガロン入れてもらうと、また走り出した。

「カーニー、なに？　どうしたの？」アリシアはハンドルを持つおれの手に手を重ね、強く握った。「どうかしたの？」

「わからないんだ」それが本音だ。「どうかしたと思うのは、どこからだ？」

「もうふざけるのはやめて、カーニー。見ていればわかるわ。顎に小さなこぶができる時は、何か深く考え込んでいるの、錆びついたセメントミキサー車のようにぐるぐるとね。なんなの？」

「気に入らないんだ、アリシア。それだけだ。どこか胡散臭い。何者かがおれを厄介払いしようと企んでいるかもしれない。どこの誰がおれを煙たがっているのかも、わからない」

「ねえ、一杯やったら」アリシアが首を振る。「あなた混乱しているわ」

おれはにっこりと笑ってみせた。「ああ」ちょうど混乱しはじめていた。「きみのいうとおりだ、アリシア。それでもちょっと〈伝道本部〉に立ち寄ろうと思っている」名案は何も浮かばない。些細なこともだ。さっきのガス欠は、おれを〈伝道本部〉から遠ざけたがる何者かのしわざとは限らない。だが、要件を満たす可能性があるのはあの場所くらいだ。立ち寄っても損はない。

アリシアはその案に賛成した。ステーキやビールを一緒にどうか、とジャクソン将軍も〈サムズ〉に誘うことにした。もし〈伝道本部〉を閉めて帰宅していても、彼の家が教会の近くの一画にあるとアリシアは知っている。

バイパスでわき道に逸れ、ダウンタウンの中心地域の周囲を走る。高速から波止場までの直線道は、通りが静かであるのを好む納税者を苛立たせないように走った。

陰鬱な倉庫を三区画通り過ぎ、クラーケン通りに着いた。リバースエンドで、〈伝道本部〉の暗い玄関を見つけた。ピンクの覆いの奥に小さな灯りがついているので、誰かがいるのだろう。〈伝道本部〉の前で車を停め、音を立ててドアを開けた。しばらく待ったが誰も出てこないので、車のドアを閉めた。ドアのガラスがカタカタと鳴り、たて枠から外れているかのようだ。おれはドアノブを回した。ドアは簡単に押し開けられたので、おれたちは長い教会の中を進み、演壇の横を通って奥の部屋に続くドアに向かった。かすかなピンクの灯りが奥の部屋をほんのり照らしている。

アリシアにドア口で待つよう身振りで示し、部屋に入った。椅子はおおかた折り畳まれて壁にきちんと立てかけられている。演壇のそばには綿ぼこりの長い筋があり、床には油じみたおがくずが散らばっていて、幅広のデッキブラシが壁に立てかけられている。何者かが清掃の途中で手を止めたらしい。ほこりの山をまたいで奥のドアを押し開けた。何か柔らかいものがつかえて、手が押し戻された。

入るのは気が進まなかった。夜に銃不携帯で胡散臭い部屋に入るのはいつでも嫌なものだ。特にザ・ベンドの妙な部屋に入るのはいつだって御免こうむりたい。だが、おれは進んだ。ドアを押し開けすばやく中に入り、必要とあらば床に転がったり後ずさりしたりできるように備えた。

おれがどう想定しようと関係なかった。なぜなら室内に危険はなかったからだ。安全が確保された今、危険があったのは過去のことだ。室内は静かで、床に冷え冷えとした死体が横たわっているだけだ。執事アンドリュー・L・ジャクソンの厳めしい遺体がほこりだらけの床に頬を押しつけ、口を大きく開けている。艶のない黒い肌が、彼の身体の下から床を伝い、開いたドアまで広がる艶のある黒々とした血だまりと対照的だ。おれは注意深く彼をまたぎ、部屋の四隅とドア口を見た。ドアは横道に通じていて、どこにでも逃げられる。

おれはジャクソンに触れなかった。その必要はない。彼の左腕は脇に垂れ、手の平を上にして、寛いでいるように見える。手の平は驚くほど明るい色だ。グレーがかったピンク色で、肌のきめは皺のよった冬のリンゴのようだ。手の下にも輝く血だまりがある。

ドアの向こうにある〈伝道本部〉の大きな部屋のドア脇に、壁掛け式の公衆電話があった。五セント銅貨をつまみ出し警察に通報した。名前と、〈伝道本部〉の住所、そして殺人事件だと告げ、勤務中の巡査部長との電話を切った。いくつも質問されたがおれには答えられなかった。

アリシアはすぐ後ろに立ち尽くし、今にも叫ぶか気絶するか、逃げ出しそうだった。喉にこみ上げて来るものがあるようだった。おれは彼女の腕を強く握り、素早く玄関から出た。手の力を緩めず歩道を横切って車まで連れていった。

「あれは……ジャクソン執事?」アリシアがしわがれ声で力なく言う。おれは一瞬彼女を抱きしめてから押し戻し、車のドアを開けた。

「そうだ。ジャクソンだ」おれは彼女が叫ぶまで腕を強く握った。緊張が少し和らいだ。「おれの車を使え、アリシア。警察を呼んだのを聞いただろう。きみを巻き込みたくない。これは時間のかかる下衆な仕事だ。車で家に帰れ」

「でもカーニー、わたし……」

「行くんだ」おれは嚙みついた。「法律違反は気にするな。きみがおれといたと証言する。警察は後できみに会いにくるだろう。だがそれは家で、弁護士同席の上でだ。今ここで面倒に巻き込まれることはない。さあ帰るんだ」

アリシアはゆっくり頷いた。「それがベストなのね、カーニー?」

「ああ。きみにとってベストだ。母親に何があったかを話せ。そして警察が来る前に弁護士を呼ぶんだ。そうすれば関わりあわずに済む」にっこりと笑い、彼女に優しくキスをした。「さあ行くんだ」

テールランプが角を曲がって見えなくなるまで、道路で見送った。どこからかサイレンの音が近づいてくるのが聞こえる。街頭は薄暗く通りに動きはない。サイレンの音が近づく以外に今夜動きはないだろう。ザ・ベンドの住民は警察とは関わり合いにならない。

〈伝道本部〉に再び戻り、玄関は開けたままにした。腕時計を見る。ちょうど八時だ。壁に立てかけられた椅子をひとつ引っ張り出して座り、警察が来るのを待った。

9

パトカーが教会に近づくにつれ、サイレンの音が次第に大きくなった。立ち上がり、玄関ドアの辺りの壁を手探りした。スイッチを見つけ押す。大きな半球形の天井灯が点き薄黄色の光を落とした。タバコをつけてドアを開け、戸口に立ち、灯りの下で両手を動かさないように気をつけた。明るい玄関の前でパトカーが急停止し、サイレンは徐々に沈んだ響きとなり、静まっていった。警官が急いで出てくる。

　ひとりの警官が脇へよけ、もうひとりがまっすぐ、近づいてきた。「通報したのはあんたか？」野太い声で訊く。

　通報したのは自分だと答えた。

　警官は肩で乱暴におれを室内に押し戻した。「死体はどこだ？」警官によくある大柄で筋骨たくましいタイプで、腰回りなど太った婆さん並みに広い。熱のこもったつぶらな瞳がジャンピング・ビーン（メキシコ原産のトウダイグサ科の植物の種子。中に小さな蛾の幼虫が入っており、種子がはねる）のように効果的に部屋をくまなく観察する。

「奥の部屋だ」おれは言った。もうひとりの警官が慎重に観察しながら入ってきた。最初に銃を抜くのをおれに見せたがっているかのように、ホルスターにゆるく手をかけている。灯りの下で見ると、相棒より痩せていて、若かった。夏服は新しく張りがあり、警帽を気どって左斜めにかぶっている。

最初の警官が親指でおれを指した。「この男を見ていろ、ハリー」そして奥のドアに向かって歩いていく。ハリーはおれが使っていた椅子に座った。用心するようにホルスターを膝元に回す。トラブルに備えているのだ。あらゆるトラブルに。ハリーはこちらを注意深く見ている。警官がこづき回す権利を今のところ留保している、といった様子で。おれはハリーにBクラスの小さな冷笑をし、ラックからもうひとつ椅子を取ってくると、垣根の上の一対の雄猫のように対面で座った。アリシアを帰らせて正解だった。巡査からのお決まりの乱暴な物言いを数分聞けば、若い女性はヒステリックになる。

最初の警官が賢人ぶって頷きながら部屋に戻ってきた。「確かに死んでいる」自分が発見したかのように言った。おれは何も言わなかった。彼は相棒にまた親指で指示した。「建物の裏へ行け、ハリー。殺人課が来るはずだ。応援を頼んだ」

ハリーは腹立たしげに立ち上がり、無言で出ていった。最初の警官が代わりに椅子に座り、脂じみたメモ帳を引っ張り出した。彼はわざとホルスターを無視している、もっとも人生の半分くらいは拳銃を身につけているのだろうが。「身分証は?」警官がつぶやく。

おれは探偵免許証のコピーを入れた財布を渡した。警官の手の中で保安官代理のバッジが明るく輝いたが、彼は見ようとはしない。おれたちの郡で警官をやってゆくのがいかに大変か知っているのだろう。苦労しておれの名前と住所をメモした。書くごとにちびた鉛筆を舐めるので、下唇が黒ずんできている。書き終わると財布を返してくれた。

「あんたは通報者で、やってはいないな?」警官が尋ねる。

「ああ」

警官が肩をすくめる。「これから殺人課の連中が来る。そうしたらハリーとおれは退散する」血色の良い大きな手で太った顔の汗をぬぐった。そしてだるそうにうなじを撫でる。警帽を脱ぎ、髪の乱れた頭をしばらく揉んだ。「仕事はどうだ?」

今度はおれが肩をすくめる番だ。「生活のためだ。そう言うしかないな」

「ああ、そのようだな。世間には何の価値もない仕事があるが、サツは最悪だ。あんたの商売もよくなさそうだが、まだましな連中相手だろう?」警官は椅子の背を壁にもたれさせ、考え込むようにタバコを嚙んだ。ドアへ向き、嚙みタバコのかすを外に吐き、タバコを再び口の中に戻した。「仕事でここに?」こちらの答えなど期待していないかのように尋ねる。

「彼と面識がある」おれは慎重に答えた。

警官は一瞬おれを鋭く見て、またかすを吐いた。「くそ」静かに毒づく。「あんたのようなお利口さんにかまをかける気はないよ、わかるだろう?」

「利口な奴などここにはいないさ。必要なら何でも訊いてくれ。何が訊きたい?」

「くそったれ」警官は重々しく言った。「いいから黙ってろ」

おれは口を閉じた。

殺人課の刑事たちは車を三台連ねて通りにやってきた。よくある黒塗りのセダンの警察車両が二台、すぐ後にクロムメッキできらめく黄緑色《リンカン・グリーン》の見事なコンヴァーティブルが続いた。コンヴァーティブルにはバンパーの上の白い覆いの中に幅広の緑の十字がついている。白いジャケットを着た男性が、ドアを飛び越えて降り立つ。警官は唸りながら椅子から立ち上がり、よろけながらドアの外に出た。彼が奥の部屋を指し示すと、検視官がおれを見もせずに〈伝道本部〉の部屋を通っていった。警官は一台目のセダンに近づき、中を覗きこんだ。警察隊が来るまで数分かかった。彼らは、山の低い茶色のストローハットを被った、長身で恰幅が良い男性と一緒にいる。警官は男性の腕を握りながら、〈伝道本部〉に到着した時の様子を熱心に報告していた。

「わかったよ、マニング」男性の声が聞こえた。「よくやった、ご苦労だった。そこらで待機してくれ」室内に入ってきておれを認めると足を止めた。「この男か?」

制服の巡査が頷いた。

警官の座っていた椅子にストローハットの男性が腰かける。両手で帽子を脱ぎ、丁寧に膝の上に置いた。「中央殺人課のグロドニック警部補だ。あんたがワイルドだな?」

「ああ」

「噂は聞いてるよ」警部補は厳しい口調だ。「ウエスト警部補のヤマに絡んでるのは、あんただろう?」その目がおれを入念に推し量る。「聞いたところじゃ、決め手になる証言をしたんだってな。たいしたタマだ、覚えておくよ」

おれは細かい返事は避けた。「ウエスト警部補は知ってるよ。一度同じヤマを当たった」

グロドニックが抜け目なさそうに目を細めて頷く。「ウエストはいい奴だ」ぼんやりと言う。「休暇明けには警部に昇進するだろう。あいつなら適任だ」警部補はパンツをずり上げると脚を組んだ。背もたれに寄りかかり、なんとか落ち着くと微笑みかけてきた。彼は背が高く幅広で、明るいピンク色の肌をしている。顔はまん丸で、喉周りに贅肉がついている。大きな耳の下ではうぶ毛が渦を巻いていた。福耳だ。耳たぶは襟近くまで垂れ下がって顔から張り出している。瞳はくすんだ黄褐色で、黒い点が散らばっている。落ち着いた眼差しだ。警部補が微笑んでいる間、じっくりと観察させてくれた。

　四人の警官が検視官に続いて奥の部屋に入った。そのうち三人は、カメラや鑑識用の粉末や指紋現出器など、警官が愛してやまない科学的な装置の入った黒い革ひも付きの箱を持っている。警官のひとりが数分経って戻ってきた。手にサーモンピンクの薄っぺらいものを持っている。検視官が発行した、「到着時死亡」報告書の写しだ。彼は写しをグロドニックに渡し、椅子の山から自分用に椅子を一脚持ってきた。制服の巡査がドアにもたれかかり、景色に紛れ込もうとしている。グロドニックは書面を念入りに読むと、傍らにいた男性を指差して言った。「ヘンリー警部補、相棒だ」

　ヘンリーとおれは目で頷いた。グロドニックがこちらを見て言う。「こっちはミスター・カーニー・ワイルド、私立探偵。とても頭が切れる奴だ。署では彼をおおいに買っている」

　ヘンリーは不審そうな眼差しを向けたまま何も言わない。おれは放っておいた。グロドニックの思惑が何なのか考えつつも、答えを急ぐつもりはなかった。おれはタバコをドアの外にはじいた。かろうじて制服の巡査には当たらなかった。ヘンリーは咳払いをし何か言おうとしたが、気が変わったようだ。彼は少なくともグロドニックより二十は年下だ。ダークブルーのサマースーツは真新しく、おれのより断然良い裁ち方だ。張りのある日焼けした肌で、白目は青みがかった明るい白、まるでアメリカ陸軍航空隊のポスターで見かけるような男だ――期待と決意に満ちて青空を見上げる、澄んだ目をしたハンサムで知的な青年。豊かな唇はしっかり引き結ばれている。おそらくグロドニックの下で修業中なのだ。三十を超えているようには見えないから、キャリア組の彼にとって、この管轄での階級は暫定的なものだ。ヘンリーはグロドニックに事件を担当させている。

　グロドニックは再び報告書を読んだ。胸ポケットから細い黄色の鉛筆を出し、書面の下にメモ帳を置いて台にする。「あの男の名前を知っているだろう、ミスター・ワイルド?」彼が落ち着いた声で尋ねる。

「アンドリュー・L・ジャクソン。ここの執事だ。知っているのはそのくらいだ」

グロドニックはメモ帳に丁寧に名前を書きこんだ。目を上げ再び微笑む。「おい、さすがだな、ミスター・ワイルド。〈伝道本部〉のことは何でもお見通しだ。ウエスト警部補によると街で一番頭がいいらしいからな」ヘンリーが低いバリトンで忍び笑いし、グロドニックは微笑んだ。「てことは、誰が殺したかも知ってるんだろう?」

「いや」

「どのくらい経ってから通報したんだ?」グロドニックは物腰が柔らかだ。獲物をもてあそぶ悪ふざけを存分に楽しんでいるのだ。

「二秒ほどだ」おれは淡々と答えた。

グロドニックが微笑み、ヘンリーの方を向いてウインクをした。「話を聞かせてくれ、ワイルド。洗いざらいだ」

おれは腕時計を見た。八時三十五分。アリシアは帰宅するまで後十分、弁護士に来てもらうには、さらに十分いるだろう。彼女の時間稼ぎをするためにグロドニックに話し始めた。

「虫の知らせでここに来たんだ、警部補。お望みならもっといい話に仕立ててもいいが、それが現実だ」

グロドニックは大きな手の平を上げて、重々しく頷いた。「作り話は必要ない、ただ話してくれればいい」

「おれは依頼人ミセス・ハーロー・プレンティスのために働いている。調査の一環でジャクソンに話を訊きにきた。彼が死んでいるのを見つけたので、警察に通報した」

グロドニックが再び頷く。「その依頼の内容は?」

おれは首を横に振った。

グロドニックはかすかに赤面したが、引き続き低く理性的な声で言った。「殺人だぞ、ミスター・ワイルド。どんな依頼だ?」

「言えない。ミセス・プレンティスからの内々の依頼だ。知りたいのなら彼女に訊いてくれ」

「おまえに訊いてるんだよ」グロドニックが堅苦しく言った。「答えてもらわないとパトカーで連れていくぞ」

「オーケイだ」

「何がオーケイなんだ?」

「だから、オッケーさ。パトカーで連れてってくれ」

グロドニックは唇をすぼめた。彼の穏やかな黄褐色の瞳が次第に冷淡になった。「実に切れる男だな、ワイルド。話はウエストからすべて聞いている。パトカーでおまえを連れていったらどうなるってんだ?」

「おれの調書を取って調べればいい」

「重要証人だ」

「何の証人だ?」

「遺体を発見した。自分の状況を満足に説明しようとしない。実に疑わしい証人だ」

「オーケイ。だが、地方検事のお気に召すかな」

「ほほう」グロドニックが静かに言った。「地方検事がお気に召さない理由があるのか?」

「いいかい、警部補」身を乗り出し、説得力のある声を装った。「これは内々の商売だ。だから話さないでいる。依頼人の許可を貰えば話せる。警察にたてつくつもりはない。そんな馬鹿はしないさ」

グロドニックが再び頷く。「わかった、ワイルド。よくわかったよ。次は地方検事が嫌がる理由を教えてくれ。あんたは街でも重要な人物なんだろう?」

「わかったよ警部補。地方検事が嫌がるのは、おれがシャーボンディ裁判の証人だからだ。その証人が収監されたら検事は恥をかかされる。笑いものになるかもしれない。彼は気に入らないだろうな」

グロドニックは静かにこちらを見た。警部補の口元は緩み、張りついたような笑顔になった。ジャケットから黒くなったブライヤパイプを出し、鼻先に掲げてパイプを磨きながらおれを見る。時間をかけながらオイルスキンの小袋からタバコの葉を詰めると、「そうだな、検事はすべて気に入らないだろうな、ワイルド。まったく」と言った。

ヘンリーが椅子から勢いよく立ち上がる。「こいつは逮捕に抵抗するかもしれないぞ、グロドニック」彼はおれの髪をつかんで、顔が天井を向くまで後ろに引っ張った。おれは抵抗しなかった。「これで少しはサツに敬意を払うというもんだ」

「やめとけ」グロドニックが静かに言った。「手を離せヘンリー。サツに敬意は十分払ってるさ、そうだろ、ミスター・ワイルド?」

ヘンリーはおれの頭を元の位置に乱暴に戻すと掌をこすり、再び座った。

「ああ」顔が赤らみ熱を帯びるのが自分でもわかった。「ああ、警察にはおおいに敬意を払っているよ、グロドニック。あんたんとこの血の気の多い若造が殴りかかってきても、床に倒すだけにしてやるさ」

「そんなところだろうよ」グロドニックがけだるく言った。「筋を通そうや。そうしてもらう他ないんだ。話してくれりゃ行き違いがあったことなど忘れてやるよ」

「やなこった」おれは言い張った。「やりたいなら、勝手にやるがいい」

ヘンリーと制服の巡査がおれを挟むようにして、グロドニックの号令を待っている。

グロドニックは素知らぬ顔でパイプをふかし、おれの顎を見ている。しばらくして彼は首を横に振った。「いや」警部補は言った。柔らかな口調で続ける。「いや、ことを荒立てたくない。あんたの言うように、依頼人に電話するか」

「くそったれ。夫人に電話すりゃいい」

グロドニックが頷く。「ああ、するとも。電話番号は？」

おれは肩をすくめた。

グロドニックが手で合図をするとヘンリーが立ち上がり公衆電話に向かった。彼が電話番号案内でミセス・プレンティスの番号を調べて電話する間、おれとグロドニックは無言で座っていた。ヘンリーははじめ、電話口に出たアレックと揉めているようだった。アレックは説明を聞くまで母親に取り次ごうとしなかった。しまいにヘンリーは警官の立場を強調してミセス・プレンティスに取り次がせた。話の様子からするとアリシアはまだ帰宅していないようだった。結局ヘンリーは夫人と堂々巡りを二度もした挙句におれを呼んだ。「おまえと話したいとさ」彼は不機嫌に言った。

おれはグロドニックにウインクをして立ち上がった。ミセス・プレンティスは早口で硬い声をあげた。「本当にジャクソン執事なの？」夫人が尋ねる。

「ああ、ミセス・プレンティス。殺人だ。報告が遅くなってすまない。だがあんたの意見をまず訊きたいんだ」

「そうでしょうとも、ミスター・ワイルド」夫人が早口で言った。「とにかくあなたの考えがベストだわ。でも何が……その……誰が……」

「それは後だ、ミセス・プレンティス。アリシアが直に帰ってくる。アリシアは全部話して、どうすればいいか言うはずだ」

おれは夫人の返答を待たずに電話を切り、ゆっくりと椅子に戻った。白いジャケットを着た、乱髪の男がグロドニックに話しかける。おれはタバコに火を点け、話がこちらに向けられるのを待った。

「で？」グロドニックが尋ねる。

「オーケイ。始めから下手に出てくれりゃよかったのに」

「強気に出るのが性分でね。おまえみたいな強面がサッとやり合うのを見るのが好きなんだ、きっと。見物だからな。サツはみな派手好きさ」

「確かにそうだな。いつ話したらいいか教えてくれ」

「今が好都合だよ、ミスター・ワイルド」グロドニックが厳然と言う。彼が指を振るとヘンリーが艶やかな革張りの手帳を胸ポケットから出して開いた。鉛筆を持ちおれが話すのに備える。グロドニックはかすかな笑みを浮かべ、頷いて話すのを許した。

「ジャクソンが昨日おれの事務所に来た。ここの伝道者を探してくれと頼みにきたんだ。伝道者の名はマシュー・キンブル」綴りをヘンリーに告げ、彼が書きつけるのを待った。

「その伝道者は先週の土曜から行方不明だ。昨日たくさんの人物から話を聞いた。ミセス・プレンティスもそのひとりだ。夫人は目をかけているキンブルのために、とジャクソンに代わって依頼人になった。キンブルがマリオンで教会を開くのを夫人は援助した。〈シャイニング・ライト教会〉だ。後に彼はここに〈伝道本部〉を開いた」

「キンブルはニューヨークで姿をくらましたと思われた。土曜の夜ラジオ番組に出演する予定だった。彼はホテルにチェックインし、妻にハガキを書き、髭剃り用具やラジオ台本を広げて、それから消えてしまった」おれはハガキを取り出しグロドニックに手渡した。

「それで昨日ニューヨークに行って嗅ぎまわってきた。キンブルのスーツケースも持ち帰ってきた。ニューヨークにいる協力者に、病院周辺を当たってくれと頼んだ」

グロドニックはかすかな音を立てて片足を床に下ろし、おれをあざ笑った。「当然ながら、ニューヨークのサツは形無しというわけだ」

「ミセス・プレンティスから内密にしてくれ、と頼まれた。去年、彼女の教会には少し悪い評判が立ったから、おれは同意した。それに夫人は詮索を好まなかった。彼女は繊細な性質《たち》なんだよ、グロドニック。何ごとにおいても頃合いをわきまえている」

「殺しは別だろうがな」グロドニックが言う。「続けろ」

「で、昨日、数人と会った。おれはキンブルがニューヨークに行ったはずがない、という証拠を今夜見つけた。そのうち話してやるよ。

そしてミセス・プレンティスの家に行った。大勢の客がいるのに夫人は皆の前で報告を聞きたがった。気が進まなかったが、どうしようもない。客達にすべて聞かせた。で、その帰り道、何者かがおれの車のガソリンタンクに細工をした。胸騒ぎがしてすぐにジャクソンに会いにきて、死んでいるのを見つけたんだ」

「これですっきりした」グロドニックが言った。「素晴らしい。良かったら教えてほしいんだが、なんでまたおまえはここに来たんだ？」

「少々わけありでね。ラジオ台本に関わる件だ。キンブルは説教を書き起こし、了解を得るためにラジオ局へ写しを送った。台本は全部で三冊ある。彼はひとつを保管し、ひとつは練習用に持っていた。そこに落とし穴があったんだ。

金曜日、彼は〈伝道本部〉を出発した。台本にずいぶんと手直しをし、ラジオ局に電話して了解を取った。ラジオの担当者は台本に赤を入れ、キンブルも自分の台本に書き込んだが、保管用の台本には赤を入れなかった。手近になかったんだろう。

おれは昨日ニューヨークのホテルの部屋で台本を見つけた。手直ししていない保管用の台本だった。ラジオに備えて持っていった台本のはずなのに。

最初はなんだかわからなかった。今日の夜になって、ぴんときた。ジャクソンと話して、手直しした台本がキンブルの品々と共にここにあると知った。おれはラジオ局に電話をして台本が手直し済みかどうか確かめた。ニューヨークに行ったのはキンブルではない、と気づいたんだ。彼はどこか別の場所で姿を消した。

何者かがおれの車のガソリンタンクに細工した時、仕組まれたかと思って身動きができなくなった。重要だと思えるのは、〈伝道本部〉だけだった。台本がここにあると皆に言っていたからだ。そしてここに来てジャクソンを見つけた」

おれは口を閉じ、一同は沈黙に耳を澄ませた。ヘンリーが手帳に鉛筆を走らせる。グロドニックはブロンズのブッダ像のように座ったまま身動きをせず床を見ていたが、深く息を吸いこむと大きなため息をついた。

「まあ、頼んだのはおれだからな」グロドニック警部補が言う。「そんなところだとは思ったさ」おれを見ようとせず、悲しげに首を横に振った。

「あんたは気に入らないんじゃないかと心配したよ、警部補」おれは言った。「だがそうなっちまったんだ。言ってくれりゃ、おれはもっとうまく立ち回れるぜ」

「いや結構」グロドニックは言った。「もう一度、台本の話を聞かせてくれないか？　すんなり頭に入らなかった」

おれが台本について再び話すとグロドニックは熱心に聞いた。今度は切り口を変え、キンブルがニューヨークに間違った台本を持っていくはずがない、と強調するよう努めた。話し終えるとグロドニックがゆっくり頷いた。

「抜け目がない。そう言わざるを得ない。おまえを悪し様に言うつもりはないが、その話はまるで隙がない」

「そうでもないさ」おれは言い、汚い床にジャクソンの遺体が転がったままの奥の部屋に目をやった。

グロドニックも、抜け目がないわけでもない、と認めた。「今夜おまえが台本の話をしにいった時プレンティス家にいた連中は誰だ？」

「それはミセス・プレンティスに訊くべきだ、警部補。おれが知っているのは、ミセス・プレンティスとその息子と娘、ミセス・キンブルと、ミスター・キンブルの助手でドッジという名の男、そしてドクター・ディーシズだ。少なくとも他に四人いたが、誰だかは知らない」知っている人物の名前の綴りを伝えると、ヘンリーが手帳に書きつけた。

「よし」グロドニックがそう言ってため息をつく。「おまえは確かに内密に調査を続けるんだな?」

おれは肩をすくめた。「依頼人のために働いている。夫人次第だ」

グロドニックはしばらく考え込んだ。「手直しの入った台本はどうした? まだここにあるのか? それとも殺人犯が取っていったのか」

「どうだろう。おれは調べていないんでね。その台本はジャクソンが郵送してくれるはずだった。郵送済みならいいが。さもなきゃ犯人が持っていったんだろう」

「ジャクソンがごろつきの女房に手を出して、始末されたんじゃなければな」グロドニックが言った。

「いや。ジャクソンはそんな奴じゃない」

グロドニックは陰気に笑った。「すると、おまえは朝の郵便で台本を受け取るんだな?」グロドニックは両手を真新しい帽子の上で組むとにっこりと笑った。「郵便配達夫がおまえの所に来る頃おれたちも行くよ、ワイルド。第一便は何時だ?」

「八時頃だ。実際に見たことはないが」

「明日は見るさ」グロドニック警部補が言う。「七時には事務所にいてくれ。そこで会おう」

「ずいぶんと早い時間だ」

グロドニックはにっこり笑い、ヘンリーが代わりに返事をした。「お望みとあらば夜にしたっていいんだ。そうすりゃ、おまえも時間通りに来るだろう」

おれは首を横に振って二人に笑ってみせた。「わかったよ警部補。待ち合わせだ」

立ち上がり、伸びをして玄関のドアを指差した。「いいか？」グロドニックに尋ねた。

「もちろんだ。朝は遅れるなよ、ワイルド。起こしにいかせるような面倒をかけんじゃないぞ」

おれは頷いて立ち去った。制服の巡査が退いて通してくれた。波止場から暖かく湿った川の臭いが漂う外に出た。おれはわざと機敏にリバースエンドを上がっていった。四ブロックほど歩いたところで、公衆電話の青と白の目印がドアについているバーを見つけた。タクシーを呼び、再び通りに戻った。

その時、グロドニック警部補にアリシアについて一切話さなかったことを思い出した。警部補はおそらく夜の内にディナーの客を確認するはずだ。バーに戻りプレンティス家に電話した。気が張っていたらしく、アリシアと夫人が同時に話し始めた。おれはアリシアと夫人とやりとりをし、弁護士ともしばらく話した。弁護士は正式な声明を取ることに同意し、家族を証人とし、弁護士自身が公証する段取りとなった。アリシアはその書面をグロドニックに示すことで、トラブルに見舞われない。その後、おれはアリシアと小声で言葉を交し、電話越しにおやすみのキスをした。

10

　事務所に入ったのは七時十分前だった。いつもなら鍵を回し、手探りで灯りのスイッチに手を伸ばすところだが、灯りはすでに点き、窓が大きく開いていた。グロドニック警部補がおれのデスクに嬉しそうに腰かけていた。彼の真新しい帽子が肉付きのよい膝にちょこんと載っている。彼の瞳は休養十分で澄んでおり、純粋に輝いていた。ヘンリーは来客用の椅子に座っている。ゴールデンオーク材のおんぼろ椅子で、一時間もすれば背中を痛めるだろう代物だ。おれはドア枠によりかかり、グロドニックとヘンリーに目をやった。ヘンリーはアイスコーヒーの色に近い黄褐色のぱりっとしたスーツ姿で、艶のある髪だ。彼は部屋を見回し、かすかに冷笑してみせた。

「おまえの稼業らしくないところだな」ヘンリーが言う。「ずいぶんちんけな場所だ」

「変なのを寄せつけないようにさ、警部補」タバコを出して火を点けた。暗いトンネルの中の灰汁《あく》といにしえの悪魔のような味がする。タバコを床に落とし、踏み消した。舌の裏を前歯でしごいたが嫌な味は消えない。「安い錠だ。どんな奴でも入ってくる」

　ヘンリーの頭に血が上り、口元が引き締まった。グロドニックが片手を上げて宥めた。「まあまあ、ワイルド。おまえだって、おれたちを廊下で待たせたくないだろう？　それに事務所のドアは錠が開いてたんだ」グロドニックは穏やかに言った。

「確かに警察が入ろうとするといつも開くんだよ。こんな安いウイスキーしかなくてすまない。客は予定してなかった。次はもっとましな銘柄を用意しておくよ」

　グロドニックが無言でこちらを見つめる。おれはデスクを回って一番上の引き出しを開けた。それがデスクについている唯一の引き出しだ。引き出しのように見えるものが袖についているが、底が抜けている。他の場所は空だ。おかげで他の家具との調和が取れている。前の賃借人の廃品を取っておいていたビルの管理人から調達した品だ。家具全部で五ドルだったが少なくともその倍の価値はある。ウイスキーのボトルはまだ引き出しの奥に入っていた。グロドニック警部補が口にした形跡はない。朝から飲む性質ではないのだろう。

「おたくらは勝手にやってるだろうから、お誘いはしないよ」おれはボトルを洗面台に持ってゆくと、グラスを取ってライウイスキーを少し入れて飲み、それから水も少し飲んだ。もう一度同じことを繰り返してからボトルに栓をした。それからグラスに水を注いで飲み、もう一杯注いでデスクの方に持っていった。グロドニックの肘に近くにグラスを置き、再びタバコを吸った。さっきほどはまずくない。

「だいぶ機嫌も良くなったはずだ、ミスター・ワイルド。昨夜、遺体を見つけた時にプレンティス家の娘と一緒だった、と言わなかった理由も説明してくれるだろう?」グロドニックの声は滑らかで優しい。朝っぱらから話さなきゃならないなら、こういう口調がありがたい。

「魔が差したんだよ、警部補。カササギ（尾が長く羽の色が白と黒で鳴声がやかましく、人家の物を盗む癖がある）みたいに隠したかったんだ。それに、あんたとこの艶やかな髪の野郎に、アリシアをこづきまわされたくなかった。彼女には、ここにいるような素晴らしい警察官と会わせたくなかっただけだ」

グロドニックは同意するように頷いた。「そんなところだろうと思ったよ、ワイルド。あんたのためにはならんな。非協力的に見えるぞ、まあ、わからなくもないが」

「どうも」

グロドニックはデスクから椅子を後ろに傾けた。「郵便が来るのは七時十分だ。そろそろじゃないか？」

おれは腕時計を見た。七時八分だ。その時エレベーターが音を立てて開いた。ヘンリーが廊下に飛び出て、郵便配達夫を引き留めて長話をした。ヘンリーは朝の配達便を手に戻ってきてグロドニックに渡した。グロドニックがデスクに郵便物を放り出すと、おれはグロドニックを肩で押した。

「自分で開けるよ、警部補」おれは噛みついた。

「そうかりかりするな」グロドニックが静かに言った。「堂々と郵便を開ければいい」

おれは小さな山に手を伸ばした。しかしここにはない。開ける前からそれがわかった。三通の封を切り、中身をデスクに出した。どこかの馬鹿が送りつけたホーボーニュース（二十世紀初頭に発刊されたホームレスの出稼ぎ労働者のための新聞）の試読紙の帯封も切った。それで全部だった。ここにはない。ジャクソンを殺してでも台本を欲しがった奴がいる。そいつが持っているはずだ。

グロドニックの顔が強ばり、慎重に帽子を被った。おれを見ようともしない。

「ミセス・プレンティスに会いにいく」グロドニックは壁に向かって言った。「十時にまた来る。おまえは事務所にいろ。出かけたりするな。一分たりとも遅れず、絶対にいろよ。長丁場になるから覚悟しておけ。おまえと話がしたいんだ」グロドニックはおれを見ない。声も荒げない。実に落ち着いて、堂に入っている。

おれがわかったと言うと、グロドニックはヘンリーに親指を曲げてみせ、何も言わずに出ていった。おれはデスクに座り、もう一杯ライウイスキーをあおった。下にいる警察連中と一緒に動くことになる。グロドニックはただ駆け引きを止めただけだ。今や前進あるのみで、手柄のためにはおれとも組む。

デスクに足を乗せて目を閉じた。考えを巡らせ、思考を凝らす。考えをまとめるのは、こぼれた水銀を熱いスプーンですくう程度には役に立つ。ジャクソンにこだわらないようにして、今までのことを振り返った。罪があると思われる人物がたくさんいるとわかった。それぞれの立場にさまざまな人がいるが、すぐ行動するほど十分な動機があると思われる者はおれの知る限りいなかった。

できるだけイメージを膨らませて再び思い返した。ホテルの部屋を思い浮かべ、集中する。見逃しているが、どこかに記憶を呼び起こすヒントがある。堂々としたホテルの支配人から警備員まで思いを巡らせた。推理は深まらない。台本と一緒に読書用メガネがあった。メガネに記憶を触発され、もうひとつのメガネを思い出した。キンブルのオフィスにあったもので、教会の聖書に押し込まれていた。メガネがふたつだ。

何もかもがだぶっているように思える。ふたつのメガネ。二冊の台本。キンブルの聖書に挟まれていたメガネは十分に説得力がある。ニューヨークのホテルの部屋にあった聖書もそうだった。最初におれが見た時台本には問題が無いように思えたが、ニューヨークの台本は間違っていた。となるとメガネは？

あまり脈はないが、十時まで他に時間をつぶすこともない。しばらくメガネについて考えた。メガネはキンブルのものではない可能性もある。台本のようにメガネも罠かもしれない。

勘で動け、ワイルド。おまえはいま苦境に立たされている。だから頭を使え。今こそ本領を発揮する時だ。おれは自虐的に笑い、もう一杯ウイスキーをあおろうとして名案を思いついた。今日一番の考えだろう。検眼医を探して所在を突き止める。これは素晴らしい考えだ。理路整然として説得力がある。一睡もせずに一夜を明かしたわりには頭の回転はトップスピードだ。

メガネは引き出しの上に置いてある。ニューヨークのホテルで見つけた時ポケットに入れて帰ってきた。ポケットに入れたのは、不覚にもメガネを見つける前にスーツケースの錠を閉めてしまっていたからだ。これは何か重大な意味を持つに違いない。

椅子から立ち上がり事務所を出た。駐車場でレンタカーを借りてアパートに戻り、メガネを取って三十分後に駐車場に戻ってきた。グロドニックとふたりだけの会議まで二時間ある。そして他のふたりと会うまでは一時間程ある。ウォールナット通り一〇〇三の検眼医、ホイットロウとジョーダンが診察を開始する時間だ。

新聞を片手に、朝食を取りに〈サムズグリル〉に向かった。新聞には事件の概要があらかた載っていた。〈シャイニング・ライト教会〉の写真や、グロドニックがかつて火災現場で少女を救助して賞を受けた、という記事もあった。キンブルの失踪とプレンティス家との関わりが記事になっている。ジャクソンの死は記事の中で縦一インチ分しか割かれていなかった。台本には触れられていない。新聞によると、キンブルはニューヨークで失跡したことになっていた。それ以上記事を読むのは止め、ページをめくってリル・アブナー（漫画家アル・キャップ1909-79。の漫画）を読んだ。

ホイットロウとジョーダンの名が、革張りの緑のメガネケースと同じ筆記体で大きな窓に金で書かれている。ドアを押し開け、メガネの見本ケースで作業する、グレーのアルパカジャケットを着た白髪頭の猫背の職員に挨拶した。経営者か共同経営者はいるか、と尋ねると、細長い部屋に案内してくれた。小さいテーブルが二列になり、そこには客のために銀縁の三面鏡がついている。小箱には、どこかで作られたさまざまなメガネが陳列されている。メガネのつるに輝く石のついたもの、傾斜のあるもの、遊び心のあるものもある。金縁や銀縁のねじ曲った形のフレーム。ルーズベルト大統領がかけていたような鼻メガネ。ドーナツのような縁で、つるが馬の目隠しほど幅のあるダークグリーンのサングラスもあった。職員は頭を下げておれを待合席に座らせた。そこは壁のくぼんだ所で電灯が明るく、最新号の雑誌が置かれたローテーブルの回りにクロムメッキのパイプと革でできた椅子がいくつも配置されている。午後を過ごすのに良さそうな場所だ。室内の空気はかすかに湿り気を帯びて良い状態だ。ばね付き椅子に座りタバコを吸った。

共同経営者のジョーダンは丸々とした人好きのする男で、温かい握手をして敬意を表するとお辞儀をしてにっこりと笑った。大きな声で挨拶をしながらおれの手を上下に二回振る。

おれはグリーンのメガネケースを取り出し、手の中で弾ませた。「ミスター・ジョーダン。おれはミスター・マシュー・キンブルの失踪を調査している。今朝、新聞で読んだと思うが」

「そう、ですね」ジョーダンはゆっくり答えた。彼の顔から親しげな表情は消えたが、まだ笑顔は張りついている。「ええ、今朝読みました。ひどい話だ。まったく訳がわからない。あなたは警察の方ですか、ミスター……？」

「おれの名はワイルドだ、ミスター・ジョーダン。私立探偵をしている」彼から訊かれる前に自分から答える。

「これを見てもらいたかったんだ」おれはメガネを出した。「このケースにあんたんとこの名前がついてる。ミスター・キンブルの私物と思われるものだ。彼のものか確認してくれないか？」

「ええ、うちのだと思います」ジョーダンはおずおずと言った。「見せてください」

ジョーダンはケースを開け、金縁のメガネを手に取った。メガネをひっくり返し、ブリッジの下の精巧な彫り込みを見て納得するように頷く。窓の方を見てメガネをかけるように持つとゆっくりと回転させた。ジョーダンは再び頷いた。

「ええ、うちで作りました。処方箋を持ってくるので少しお待ちを」ジョーダンはスイングドアを押して出ていった。スチール製キャビネットの引き出しを開ける音が聞こえる。しばらくして引き出しを閉じる音がして、ジョーダンが黄色いカードを手に戻ってきた。彼はおれの隣に座り、慎重にカードに目を通すと口をすぼめた。

「確かにこのメガネはミスター・キンブルのために手前どもが一年半前に作ったメガネです」

それでは台無しだ。メガネが見せ掛けだという可能性は低くなる。解決の糸口にならないかと期待したが、これからも糸口を探し続けなければならないだろう。おれはジョーダンに礼を言い、メガネに片手を伸ばした。

「ミスター・キンブルがまだこれを持っていたとは少々驚きです」ジョーダンはそう言いながらメガネを手渡してきたので、胸ポケットにしまった。「このメガネはもうミスター・キンブルには合わないはずですから」

「と言うと？」

ジョーダンは肩をすくめ、カードを再び掲げた。「そうですね、このメガネをお作りした当時、ミスター・キンブルは左のレンズの度をかなり強くする必要がありました。ですが半年後の昨年には左の度は半分ほどの強さでよくなりました。おそらく視力回復トレーニングをしていたのでしょう。」彼はカードを裏返し、メモを指差した。「ええ、ここです。乱視なし。トレーニングが功を奏しました。効果の出ることがときどきあるんです」

「ちょっと待ってくれ、ミスター・ジョーダン。話を整理させてくれ。このメガネは」メガネを取り出し、振ってみせた。「これはもうキンブルには用無しってことか?」

「まあ、そこまでは言いませんが」ジョーダンはあいまいな返事をした。「使用しても害はありませんから使おうと思えば使えます。でも少しぼやけるでしょう」彼は再びカードを見た。「ミスター・キンブルがわざわざこれを使った理由がわかりませんな。新たな処方箋で作ったメガネの方が合うはずですから」

「言いかえれば、キンブルは新しいメガネが手元にあったら、これは使わなかったはずだな。代わりに使えるものじゃないんだろう?」

「まあ、なかなか使えるものではありませんね」ジョーダンは言った。「度が強すぎて頭痛を起こすかもしれません」

「わかった。ありがとう、ミスター・ジョーダン。このメガネのことで後で証言してもらうかもしれない。後日見分けがつくように、このメガネに何らかの印をつけてくれないか?」

「消せない印をつけろというんですか?」

「ああ、構わないから何かで印を刻んでくれ」

ジョーダンはすばやくこちらを見ると、小指の緑色の石細工の指輪を外し、角のダイヤモンドで右のレンズの端に小さく『X』と印をつけた。

「改めて礼をいうよ、ミスター・ジョーダン」おれは身体をねじりながら椅子から立ち上がり、メガネを取った。立ち去るおれの背中に向かってジョーダンは何やら話しかけてきたが、放っておいた。そのうち彼は新聞記事で知るだろう。おれにはグロドニックと会う約束がある。

通りを歩きながら自然と笑みが浮かんだ。これでグロドニックの希望がどうであれ、おれの領域に引き戻したことになる。おれが事前に話し忘れた事柄で引き戻されるのを彼は特に嫌がるだろう。だがグロドニックには協力する以外の道はない。

九時二十分だ。再び自分の事務所に戻った。錠を開けデスクの椅子に座る。腕時計に目を走らせる。待ち合わせに二分でも遅れたらグロドニックは警報装置を送りつけてくるだろう。くたびれた帽子を取り、指でくるくると回す。そろそろ買い替えてもいいころだ、グロドニック警部補のようにしゃれた新しい帽子を。今日のように満面の笑みを浮かべているおれにふさわしい、新品のストローハットを。

ドアをおずおずとノックする音がしたので、「どうぞ」と叫んだ。帽子をデスクにはじき飛ばし、足を床に下ろす。読んでいない手紙を手に取りながら立ち上がった。依頼客かもしれないからだ。だが男は依頼客のようには見えなかった。

ひょろ長い黒人で黒い縮れ毛をヘアアイロンでのばしている。スケートでもできそうなくらい幅広の襟の折り返しのついた、まばゆいばかりの乳白色のシルクのスーツ姿だ。フルーツ柄のネクタイと、スーツと同じ色合いの縁広のパナマハットを被っている。だがおれが目を留めたのは、男が丸めて持っている紙だった。それは薄い青で、中央に白い紙がまかれている。

「カーニー・ワイルドですか?」男は低い声で呟いた。落ち着いた栗色の瞳が室内を見回し、おれに戻った。その目にはかすかに軽蔑の色が見えたが、おれは気にしなかった。誰だって、この事務所をあざ笑う。裸婦の彫刻かテレビでも置いて、部屋の格上げをはかった方が良さそうだ。

　おれはカーニー・ワイルドだと名乗った。

「わたしはヘンリー・ジャクソンといいます。アンドリューの弟です。今日の出勤時にこれを持っていくよう兄に頼まれましたが、朝、家を出るのが遅くなってしまって。兄から、とても重要な物だと聞きました」彼は『重要』という言葉がふさわしい言葉であるか疑っているかのように、長い息を吐きながら言い、台本をデスクに置いた。おれがジャクソンに頼んだように、きつく丸めて封筒に入っている。封筒にはおれの名が角張った字で書かれていて、切手は貼られていない。それで大方の予想はついた。

「ジャクソンが昨夜あんたにこれを預けたんだな?」

　ヘンリーは頷くと、しわのよった耳が隠れそうなほど魅力的な角度で、帽子をさらに目深にかぶった。「アンドリューは賭けの玉突場に来て、わたしにこれを手渡すと、出勤の途中であなたに渡してくれ、と言いました。だが今朝は仕事にはいかないで、埋葬保険組合（葬式費用の給付を目的とした保険組合）に行って兄貴の葬式の手配をしなければならなくて」彼の声は平坦で少し安っぽい。

「お悔みをいうよ。だがあんたの兄貴の言うとおり、これは重要だ」おれはデスクの上の台本を指差した。

　ヘンリーはじっと見つめた。「ああ。そろそろわたしは行きますよ」彼はドアの方に振り返った。

「待ってくれ」すばやく札入れを取り出す。「少しばかりの謝礼を受け取ってくれ」札を数枚出し、数えずに彼へ差し出した。

ヘンリーは不審げに目を細め、しばらくこちらを鋭い目で見ていたが、ヒョウ並みのスピードでおれの手を叩いた。札が床に落ちる。静かな部屋に硬い紙幣が床に当たる音が響く。彼はしばらく佇んでいたが、部屋から出ていくと静かにドアを閉めた。

おれは紙幣を拾って札入れに戻し、札入れをポケットに入れると、自分の椅子に腰を下ろしてデスクの上の裂け目を見た。頭を切り替えて腕時計を見る。九時四十分。出かける時間だ。

11

グロドニックのオフィスは市庁舎のすぐ裏の、建てたばかりの別館にある。中央殺人課は本庁舎に本部があり、廊下はダフ屋やノミ屋であふれている。別館はまだきれいで清潔ではあるが、本庁舎と同じ局所殺菌薬《ヨードホルム》の鼻につく匂いがする。ここにオフィスがあるのは部署とは関係ない。政治的な好みの現れだ。この街の階層制度はナチ党のように一目瞭然としている。別館のオフィスは有望視されている証拠だ。グロドニックにその価値があるとは思えない。ヘンリーのオフィスと言った方がしっくりくる。彼は三十歳の警部補で光り輝く青年、父親は頑丈な赤レンガを作り、若造が警察でいい地位にいる限りは愛すべき街に最小限の利益で売っている。

おれは二階の連絡通路を通り、グロドニックのオフィスを事務職員に尋ねた。職員は新聞に没頭していて、垢じみた親指で肩越しに奥を指した。彼の親指を辿って廊下を奥に進む。グロドニックとヘンリーのオフィスは消防長官補のオフィスと『関係者』とだけ書かれたドアの間にあった。ノックをして中に入った。

グロドニックはドアに背を向けて窓を見ていた。家具は市庁舎によくあるもので、表面に傷やタバコの焼け跡があり端がたわんでいる黒いデスクと、回転いす、そして来客用の背のまっすぐな肘掛椅子。グロドニックの頭上には警察無線機がねじで壁に取り付けられ、そこから低音が響いていることから、無線がついているとわかった。グロドニックが振りかえる。

「座ってくれ、ワイルド」彼が冷ややかに言う。えせ紳士らしさは消え失せている。今日は警察官丸出しだ。

彼に近づき、青い表紙の台本を書類だらけのデスクの上に置いた。胸ポケットからメガネをつまみあげて台本の上に置き、グロドニックのデスクのそばに座る。

「今朝あんたが行った後、ジャクソンの弟がこれを持ってきた。ジャクソンは昨夜、切手を切らしていた。それで弟に託したんだ」

グロドニックはこくりと頷いた。その表情はまだ険しく、考え込んでいる様子だ。人差し指でメガネケースに触れ、問うようにこちらを見た。

「メガネの件は話し忘れていたよ、警部補。うっかりしていた。これはキンブルのメガネだ。ニューヨークのホテルの客室でこれを胸ポケットに入れていたのを、今朝になって思い出した」

グロドニックが冷ややかな視線を向ける。「頭がきれる割にはひどく忘れっぽいな、ワイルド」

「ああ、悪いな。犯人を突き止める手がかりをもらったんだ。メガネを作った男と話した。これは確かにキンブルの物だが、古いメガネだ。かける必要がある時でも、度の合わないこのメガネをかけるはずがない。もうひとつのメガネが教会のデスクの聖書の間に挟まっていたが、そっちが新しいメガネのはずだ。これは二年近く前の物で、今のキンブルには度が強すぎる。犯人は偽装工作をした。台本だけでは足りないと思ったのだろうが、メガネのおかげで推理が働いた。これは目くらましだ。キンブルは街を出てなどいない。あのホテルにいたのは別人だ」

グロドニックは目を上げてまばたきをした。「ああ」警部補はゆっくり言った。「そうだろうな」細いレターオープナーを取り出し、デスクの上を何回か刺した。「今度はミセス・キンブルが行方不明だ」警部補はおれの目を見ずに言った。

「ううむ」

「ああ、おれも唸りたいよ」グロドニックが言った。「ドッジと医師が昨夜夫人を家に送っていって、翌朝まで休めるよう十分な睡眠薬を与えたそうだ。昨夜は訪問するには遅すぎたので今朝出向いた所、夫人がいなくなっていた」警部補はまだデスクを刺している。

「行く先は？」

警部補は首を横に振った。「夫人については、まだわからない。ヘンリーが昨夜プレンティス家にいた人物を調査してまわっている。地元のたれ込み屋にも頼んだ」

おれはタバコに火を点けた。話の区切りになる。

「どう思う？」警部補が物憂げに尋ねる。

「なんとも言えない」

「おまえが犯人と接触できたのもこれまでだろう」警部補はゆっくり言った。

「とんでもない」おれは噛みついた。「あんたらにはおれが示した証拠品しかないじゃないか。おれは台本をくすねたわけじゃない。それにあんたは証拠をつかんだのに昨夜は何をしていたんだ？　たんまりあるネタをえさに、おれを釣ろうとした。ふざけんなよ、グロドニック」

警部補は静かな目でこちらを見たが、動かなかった。それから顔をゆっくり右に向けて床につばを吐いた。「他に渡すものはないか、賢い兄ちゃん？」

「ないね」

グロドニックは椅子の背にもたれ、太い腕を頭の後ろで組んだ。後ろに体重を預けて天井を見上げる。「今朝はおまえの調書を取るつもりだ。今度はきっちりやれ。言い忘れたりするなよ、いいな?」

「ああ」

「ミセス・キンブルの居場所に心当たりはあるか?」警部補がいきなり尋ねる。

笑い飛ばしてやった。「おい、ふざけてんのか? 夫人がどこかなんて知らねえよ、警部補。どうしてあんたは知りたいんだ? 夫人を捕まえるつもりか?」

「場合によってはな」グロドニックはあっさりと言った。

「何の嫌疑で?」

警部補は腕を下ろすと大きくあくびをした。「共謀罪ってところか。夫人は一枚かんでいたはずだ。それに状況からして、それらはすべて室内で起こっている。あのバッグはどこかで荷造りされた。ところでおまえの車はずいぶん働き者だな。念のため言っておくが」

「上等だ。放っておいてくれて嬉しいよ」

グロドニックは受話器を取った。速記者にオフィスへ来てもらうよう、署内勤務の巡査部長に指示する。電話を切るとこちらを見た。「夫人は何を企んでいたと思う?」

おれは肩をすくめた。「忘れっぽいたちでね、警部補。覚えてないよ。おおかた亭主をチョコレートケーキにでも混ぜて食っちまったんだろう」

グロドニックはにっこり笑った。「魔女めいた雰囲気もあるな、そういえば」警部補はミセス・キンブルのポートレートを手に取って見つめた。

「ニューヨークにいたのは男だよ、警部補。キンブルでもないし、おれの説明をどこまで覚えてるかわからんがミセス・キンブルでもない。あの髪じゃ無理だ」

「そうだな」彼はため息をついた。デスクから立ち上がり、ヒマラヤ杉材の洋服棚の最上段から帽子を取った。「ここにいて速記者に供述を書き取らせろ。全部で六部作らせて、その三つに署名しろ」

警部補は鏡を見ながら新しい帽子を調整した。「今日の午後に電話をくれ。四時ごろに」

「わかったよ。あんたのその新しい帽子、おれは好きだぜ、警部補」

グロドニックは顔を赤らめた。「かみさんの見立てだ。派手だろう?」

「ああ」

警部補はこちらに手を振った。ドアを開け、部屋から出ていってドアを閉めた。おれは椅子の背をきしませながらドアに面して座り直し、待った。二分後に前触れもなくドアが勢いよく開いた。おれはにっこり笑って相手にウインクをした。おれが待ち構えていたのを知って警部補は再び真っ赤になり、今度こそ出ていった。彼の重い足音が廊下で遠くなっていくのが聞こえた。

速記者の筆記は昼食時に終わった。写し三部に署名し、速記者に手渡す。おれは帽子を手に、〈サムズ〉へ食事に行った。

ミセス・キンブルの失踪は意外だ。グロドニックの見立て通り、彼女は何らかの形で事件に関わっている。彼のいうような嫌疑とは必ずしもいえないが。夫人はあのバッグを無心で荷造りできただろう。だがニューヨークからのハガキはわざとらしく思えた。それがいくら良くできていたとしても、妻が偽物に騙されるとは思えない。夫人にとって何らかの警告があったのかもしれない。素人の犯行でありがちな余計な動き、不必要な動きだ。ひとつだけでも多すぎる。よくあることだ。

ステーキを食べ終え、身振りでサムにビールのお代りを頼んだ。テーブルの上のビールを挟むように両肘を置き、前屈みになってグラスの茶色の泡を見つめた。おれの目に浮かぶのはジャクソン将軍の荘厳な表情のみだ。この事件で思い描くのはジャクソンだけ。それから、キンブル。彼がただ失踪したとは考えがたい。もっとも可能性は少ないが、無いわけではないが。それにおれはキンブルについて知らない。奴を好きになるかもしれない。聞き込みから想像できる彼は頼もしい男だ。ジャクソン同様、確固たる威厳の持ち主だろう。だがジャクソンの人柄に触れて、親しみも感じていた。おれは興奮に駆られたりはしないが、彼を殺した犯人の頭蓋骨を叩きのめすのを、楽しみにしているようなところはある。

依頼人に会うのが次の段階だ。それに来客リストも手に入れたかった。ヘンリーとグロドニックは当然ながらうまく選別するだろうが、結果を教えてくれるか疑わしい。

マリオンに行くのにタクシーにするか電車で行くか熟考した。正当な出費なので流しのタクシーを停めた。運転手に行く先を告げる。彼はおれの所持金を最初に確認したがったので、十ドル札を握らせ、出発した。メーターが八・六〇セントになった時、タクシーがプレンティス家の長い私車道に入った。釣りは取っておけ、とおおげさな身振りで示した。

おれの車は玄関のそばに停めてあった。前で立ち止まり、車内に手を伸ばした。キーはイグニションに差し込まれたままだ。キーを抜いてポケットに入れた。

プレンティス家は静まり返っている。自分がどんな待遇を受けるべきなのかわかりかねたが、玄関から入ることにした。真珠貝の玄関ベルを押して帽子を脱ぐ。

応答がない。さらに二回押した。それでも応答がない。入り口の階段を下り、背伸びして窓から様子を窺ったが、人の動きもなければ物音一つしない。

狭いレンガ敷きの歩道を通って温室の外を回った。灌木とガラス張りの建物の翼を通る時には身をよじらせた。青いタイル敷きのテラスで立ち止まり、辺りを見回した。三色の金魚が池の中を泳ぎ回っている。他に動きはない。中央翼のフランス窓は開いているが、無断で中に入るほどプレンティス家をよく知らない。

薔薇やライムの木が点在する、手入れされていない広い芝がテラスから深い峡谷に向かって広がっている。下で鮮やかな色が動いた。目の上に片手を翳し、凝視した。明るいピンクのミニスカートがひらひらと峡谷の反対側に行くのが見える。スカートを目指して、芝にできているすり切れた小道に沿って歩いた。

五十ヤードほどまで近づいた時、そのスカートの主がアリシアだとわかった。彼女ははるか遠くから峡谷を見下ろしている。呼びかけると、アリシアは顔を上げて手を振った。おれは谷がもっと良く見えるところまで近づいた。ひどく険しくぬかるんでいる。下には広い幅の川がゆっくりと流れ、川岸には花粉で重くなった豚草と針金雀児《ハリエニシダ》が生えていた。誰かが峡谷を渡る歩道橋を作ったらしく、ヒマラヤ杉の板が鉄製のドリフトピンで留められている。遠くからは頼りない橋に見えるが、ミセス・プレンティス家が建っている間は持ちこたえるだろう。

橋のそばの、わずかに下がった川沿いのぬかるんだ場所に人が何人かいる。アリシアは再び手を振って歩道橋を走って渡ってくると、おれの腕をつかんで喘いだ。「ああ、カーニー。ミセス・キンブルよ！」彼女が下を指差す。

おれは歩道橋を渡って川を見下ろした。ヘンリー警部補が前方にいる。その隣にはドッジがいた。ミセス・プレンティスとアレックは川の向こう岸にいる。身を乗り出すと、ヘンリー警部補の顔と数インチの至近距離になった。彼の額には汗の粒が光り、深い皺は、おれを歓迎していないと告げていた。

「なんだ、何しにきた、ワイルド?」ヘンリー警部補がかみつく。

おれは地面に横たわっている遺体を見た。ミセス・キンブルが昨夜来ていた青白いドレスだ。「家に来ただけだ」素っ気なく言った。「あんたが見つけたのか?」

その時、小さな一団が背後の芝を下りてきた。男性たちは紺色の警察の制服を着ており、全員が警帽を脱いでシャツのボタンを外している。その内のふたりは小枝細工の長いかごを持っている。先導してきた女性は、糊のきいたフリルつきのエプロンとキャップをつけたメイドの制服と思しきいでたちだ。おれは視線をヘンリー警部補に戻した。

「あんたが見つけたのか?」再び尋ねる。

「ミスター・ドッジが遺体を見つけた」ヘンリーが堅苦しく言った。

ドッジは自分の名が挙がったのを聞いて赤面し、こちらにこくりと頷いてみせた。ミセス・プレンティスとアレックは無言で遺体を見ている。ミセス・キンブルの遺体は丸まっていて、膝を顎の下に引き寄せている。首を向こうに傾けているので顔は泥に埋まっていた。両腕は脇に垂れ下がっている。周囲に血は見えない。おれはミセス・キンブルを見つめた。彼女のファーストネームすら知らない、愚かにもそう思った。

「死因は?」ヘンリー警部補に尋ねる。

警部補は不機嫌そうにおれを見た。整った顔が強ばっている。「まだわからん」彼は噛みついた。

「遺体を動かしてないからな」

マリオン警察の警官たちが前を通って歩道橋を渡り、小枝細工のかごを橋の上に置いて遺体の脇に屈んだ。袖に巡査部長の腕章のある警官がミセス・プレンティスに堅苦しく一礼した後、ヘンリー警部補に遺体を運ぶべきか尋ねた。警部補の顔に血の気が上った。

「置き去りにする意味がないだろう、巡査部長」おれは助言した。

「あんたの指図は受けんよ、ワイルド」ヘンリー警部補は唸った。「よし、巡査部長」彼がきっぱりと言った。「遺体を運ぼう」

ミセス・プレンティスが緊張した面持ちで歩道橋に上がる。アレックが背中を押し、おれは手を差し出して夫人を橋の上まで引っ張った。夫人は無言のまま感謝の念を笑顔で示した。おれはアリシアに視線を向けて合図をした。アレックが上がってくると、母親を連れて帰るよう、おれは小声で指示した。母と息子は互いに支え合いながらゆっくりと芝を上がり、屋敷までの長い道を進んでいった。ドッジが彼女たちのすぐ後に続いた。

地元警官は各々の役割を十分にわきまえていた。ひとりは遺体を三方向から写真に撮った。搬送担当が運び去ると、写真担当は遺体のあった場所の写真を撮った。左手があった泥の跡に次第に水が溜まってきた。ヘンリー警部補は何も指示をしようとしない。白髪交じりの巡査部長が取り仕切った。

搬送担当は小枝細工のかごを橋に置き、厚手の白布を広げた。布が遺体を覆う前に、遺体の胸、ちょうどバストの上の辺りに、小さな青い穴が三つあることに気づいた。これこそおれが知りたかったことだ。これは自殺ではない。三発はあり得ない。ミセス・キンブルはジャクソン将軍とどこかへ行き、同じ人間から切符を受け取ったのだろう。夫人はミスター・キンブルと一緒だったのかもしれない。キンブルを生きたまま見つけられるか今はまだ確信がない。

おれは搬送担当を通らせるため歩道橋から降り、ヘンリー警部補を待たずにプレンティス家の方に戻った。警部補というよりプレンティス家の人々に聞いた方が、よっぽど状況を把握できるはずだ。もっとも、おれが家から警部補を追っ払えられれば、の話だが。

アリシアはテラスのベンチに座っていた。ゆっくりと立ち上がってそばに来る。「カーニー、なんて可哀そうなミセス・キンブル。恐ろしくない？　母は床に臥せているわ。すっかり取り乱してしまって」混乱した様子で手を眉に当てた。「わたしもよ」投げ遣りに言う。

「やめろ」おれはたしなめた。彼女をベンチに座らせ、自分は真向かいの池の縁に座った。手を彼女の膝にしっかりと置いて、揺すった。「話してくれ、アリシア」

「何を？　何について？」

「誰が夫人を見つけた？　いつだ？」

「ええと、ドッジだわ。教会から帰って来るところだったの」アリシアは橋の方に頷いた。「あそこを通ると近道なのよ。ちょうどヘンリー警部補が帰ろうとした頃ドッジが谷を駆けあがってきて、皆で彼の後をついて下りていった。母はメイベルを警察に連絡に行かせた。そしてあなたが来た」アリシアはところどころ喘ぎながら話した。

「オーケイ。さあ、落ち着くんだ。もう終わった」

「ああ、カーニー！　なんて恐ろしい！」彼女が泣き叫ぶ。「最初にジャクソン執事、次にミセス・キンブル。一体ここはどうしちゃったの？」

アリシアの呼吸が深くなり落ち着くまで、おれはしばらく待った。

「何が起きているかおれにもまだわからない、アリシア」おれは静かに言った。「だが解明するつもりだ。すぐにでも」

彼女はおれの手を軽く叩いて弱々しく微笑んだ。「そうね」しっかりした口調だ。「もちろんそうよ。それもすぐに、カーニー、お願いよ?」

「大丈夫」自分でも思ったより頼もしそうに答えた。「母親のところへ行って伝えてくれ。おれは任務を続ける、と。今夜、電話するよ、アリシア」おれは彼女をベンチから立たせ、開いているフランス窓から室内に入らせた。彼女は文句も言わずに行った。彼女は一度笑った。それはかすかだったが健気だった。

白い布で覆われた遺体を搬送する人たちが玄関口の私車道に向かって歩いてくる。ヘンリー警部補は巡査部長と並んで歩いている。頭を垂れて無言だ。歩いていって警部補たちを遮った。警部補はおれが近づくと目を上げたが、何も言わない。

「遺体を保管するんだな、巡査部長?」おれは尋ねた。

巡査部長は振り向いて頷いた。「そうだな、当面は。だが正確にはウチのヤマじゃなさそうだ。ヘンリー警部補は市警の管轄扱いにするつもりだ、そうですよね、警部補?」

「いや、ウチのヤマだ」ヘンリーがきっぱりと言う。「おまえは何の用だ、ワイルド?」

「別に。依頼主への報告、それだけさ。マリオン署の仕事を減らそうと思ってね。そうだろう、巡査部長?」

「その通りだ」巡査部長が言った。「ここでは練習が積めるほど殺人事件がない。群検察官の責任だが、老練なディック・メープルズのことだから殺人事件から手を引きはしないだろう」

「そうだろうな」おれは言った。「夫人をドグ・ミーチャムの所に運ぶのか?」

「ああ」巡査部長が言った。「知り合いか?」

「それほどじゃない。少し前にちょっとした仕事を頼んだ」

「するとあんたが例の、ほう」巡査部長は言った。「あんたの言葉で思い出した。あのヤマも厄介払いしたんだ」

「ああ。厄介払いしていいヤマだ」

それは巡査部長も同感で、おれたちは別れの挨拶をした。警部補はおれに何も言わなかったので、少し寂しさを感じた。

私車道に戻り、自家用車の運転席にしばらく座っていた。ミセス・プレンティスに伝える情報があるが、今は差し控えることにした。機が熟していない。夜には夫人も落ち着くだろうから、その頃また来ればいい。警察の車列が走り去るのを待ってから発進した。私車道を歩いているヘンリー警部補の横を通り過ぎる。奴の大そうなスーツにおれの車が少々あぶらまみれの砂利をひっかけたのは偶然だが、わざとであるかのように警部補はおれをにらみつけた。おかげで、少しばかりましな気分で街まで車を転がした。

12

バンシー（アイルランド・スコットランドに伝わる女の妖精。家人の死を予告して大声で鳴くと言われている）のように物悲しく電話が鳴り響いたのは、ちょうどオフィスのドアに鍵を差し込んだ時だった。勢いよく部屋を横切り、デスクに膝をぶつけながら身を乗り出して受話器をつかんだが、その瞬間電話が切れた。受話器を戻し、ドアを閉めると、膝を撫でながらしばらく立ち尽くし、電話の主を推測しようとした。だが長くは続かなかった。帽子をデスクに投げて椅子に座り、膝の上に電話を引き寄せて長距離電話をかける。交換士に、ニューヨークのメトロポリタン・エージェンシーのボブ・ミデアリーの番号を告げた。

「元気か？」ボブが叫ぶ。「厄介ごとを抱えたようだな」

「その言葉をもう一回聞けそうだ、それも、もっとでかい声で」おれは言った。「おまえが知っているのは途中までさ。今日の午後ミセス・キンブルの遺体を発見した。彼女もまた殺されていた」

ボブは静かに口笛を吹いた。「そいつはひどい」彼は唸った。

「ああ。そこでおまえに頼みがある。今回はイレギュラーでいつもの仕事のようにはいかない。おまえも終いにやばい落とし穴にはまるぞ。ホテルにチェックインした男がキンブルでないとおれは踏んでいる。男かどうかも怪しいところだが、そうだと言っておこう。早変わりの芸人など信用していないが、キンブルでないのは確かだ。新しく何かつかんだか？」

「つかんだとも」ボブは言った。「あんただった」

「え?」

「おれだったかもしれない。ともかく身長六フィート前後の奴だ。体重は二百ポンド、もしくは百七十五から二百五十の間といったところ。いい情報だろう?」

「確かに。思った通りだ。誰の目にもそれが男だったとおれは踏んでいた。パンツをはいた女じゃないんだな?」

「最近はそういう輩もいるが」ボブがどなる。「目撃者によると、男に間違いなさそうだ」

おれは頬の裏をしばらく嚙んだ。「全員に当たってくれたか?」

ボブはそうだ、と答えてから言った。「待ってくれ」報告書をめくる紙の音がする。「いや、客室係のメイドがまだだ。日曜の夜、盲腸の緊急手術でルーズベルト病院にいた。彼女に訊くのはこれからだ」

「なるほど、彼女をつかまえろ」おれは鋭く言った。「十分な取り扱いを頼む。最大限に経済的でレースのふさ飾り付きでな。あの客室も、もう一度見てくれ。今度は念入りに頼む。駐車場の車も当たってくれ、まだ送り返されていなかったら。やってくれるか」

「任せとけ、ワイルド」ボブは悲しげに言った。「おれに本気でやってくれってんだろう、こんなおれにさ?」

「そのとおりだ、ボブ。それに早いと助かるんだ」

「そうするよ」ボブはきっぱりと言った。「多少、金がかかるぞ」

それは心得ていると伝えた。

「あんたのために手に入れたこの立派な報告書はどうする?」ボブが尋ねる。「行間を詰めてタイプされたものが六ページだ。我がエージェンシーの立派なレターヘッド入り。内容は明快かつ謎だらけ。このおれでも解明できない」

報告書を送ってくれるよう指示し、残りの仕事を速度を上げて取り組むよう促した。

「わかったよ、ワイルド。次の報告まで、そう時間はかからないさ」

「オーケイ。じゃあな」

ボブがアリシアの電話番号についてぐずぐず言うので、おれはよっぽどの美人を手に入れたのだと確信した。それから数分あれこれ話して電話を切った。メモ帳に意味のない落書きをしていたおれは、窓の外に目をやった。ビルのエレベーターが各階ごとに停まり始めている。退社時間の最初の波がやってきた。再び受話器を取り、中央警察の交換台に電話し、グロドニック警部補を頼んだ。

「カーニー・ワイルドだ、警部補。まだおれに会いたいか?」

「いや」警部補はゆっくりと言った。「その必要はない。今ちょっと忙しくてね。想像がつくと思うが」

「想像はつくよ。この目で見たからな」

「そうだな。笑わせるぜ」グロドニックは激しい音を立てて咳払いした。「今日の午後、おまえのことでマーゴリーズと話した。おまえは申し分ないと言っていたぞ」

「ありがたい」

「だからどうって訳じゃないが。おまえは助けにはなる」

「ああ。あんたたちは郡警察とまた仲良しこよしか?」

「何いってる、ここでは市と郡のいざこざなどないぞ、ワイルド」

「そうかい。みんなひとくくりか？　それとも細かく分かれていると言った方がいいのか？」

「政治なんだよ」グロドニックが言う。「警察の仕事だ」

「どこが違う？」

グロドニックは電話口で静かに息を吐いた。「気づいてないかもしれないが、おまえはこの手の事件に何かと深入りしすぎるんだよ」

「そのとおり。他には？」

「もう、なさそうだ」グロドニックは言った。「おまえの調書を読んだ。問題ないようだった。何か付け足すことはあるか？」

「まったくないよ」

「そうか」彼は唸った。「じゃあ、また連絡を取ろう。あと、ヘンリーの髪の話題は避けろ。奴はお前を嫌っている」

「わかったよ。おれも奴が好きになれない。じゃあな、警部補」

「じゃあな、ワイルド」警部補はだるそうに言った。

受話器から手を離さなかった。受け台に戻したとたん、呼び出し音がした。鳴らしたままタバコを吸い終えてから、受話器を上げた。地区検察官事務所からだった。

ミスター・マーゴリーズの声は鼻にかかっていてまるでテノールのようで、電話越しだと、却ってきしんだ耳障りなものに聞こえる。「ワイルド、街の警官と揉めているのか？」

「いや。そうは思っていない。ちょうどグロドニックと愉快に話したところだ」

「わたしもだよ。愉快ではなかったが」

「そりゃお気の毒に」

「気の毒なものか。わたしも彼が嫌いでね。この公判が終わるまで彼の持ち場に立ち入らないだけだ」

「おれも立ち入らないようにするよ。様子はどうだい?」

「悪くない。だがレフコーのやつと手を打たなきゃならなくなりそうだ。シャーボンディをつかまえるために、レフコーには罪状のうちの軽い方の罪を認めさせる必要があるだろう。だが、その価値はある」

「その通りだ」

「ほかにもあるんだよ、ワイルド」検察官は続けた。「それにこれは極秘だ。それをわきまえておいてくれ」

「さあ続けて」

「シャーボンディの駐車場の車から見つけた例の物だ」マーゴリーズは声を潜めている。「さまざまな品に混ざって上等なダイヤモンドのイヤリングがあった」

「なんだって? おれの目は節穴だったのか」

「おまえがミセス・ハーロー・プレンティスから仕事を依頼されている、とグロドニックから聞いた。本当か?」

「ああ、だが……」

「イヤリングは夫人のものだ」

「なんてこった」話が飲み込めない。「盗まれたのか？」

「六カ月前に盗難で届けが出ている。紛失で、かもしれん。とにかく夫人は収集家だから価値は七千ドルだ。何か思い当たらないか？」

「いや、何も浮かばない。それがどうかしたのか？」

「ああ」検察官はぶっきらぼうに言った。「心に留めておいて、何か気づいたら教えてくれ。ネッド・ハーヴィーには伝えておいた。彼の部署が埋め合わせた。だが、それだけだ。それ以上の話はない」

「わかった。グロドニックは知ってるのか？」

「いや」

頬の緩みが声に出ないようにした。「グロドニックの話じゃや、最近あんたと奴はつるんでるそうじゃないか」

「話はそこまでだ、ワイルド」彼は冷ややかに言った。「忘れるな」

「覚えておくよ、ミスター・マーゴリーズ。秘密を漏らしてくれてありがとう。おれも報告するよ」

検察官は挨拶せずに電話を切った。

勤め人たちが退社するまで事務所から動かなかった。通りに明るい黄色の灯りが点っているさまは、ロマンティックでもあり、少しやりきれなくもある。波止場近くの化学工場が煙突から噴煙を出すタイミングに合わせて、灯りは緑や赤にも変わる。この街には厳しい噴煙予防規制がある。そのおげさな規制に、正直な工場主たちは震え上がっている。だがこの街に暮らすおれたちは妙な色の夕焼けに見慣れてきた。

13

プレンティス家の私車道に入り、玄関のすぐ前でブレーキを踏んだのは七時三十分だった。家の人たちと会うにはいい時間に思えた。まだ依頼人でいてくれるか確かではなかったし、依頼人でいてくれるにしても、会ってくれるかわからなかった。玄関ベルを押す。この時間になってもまだ堅苦しいエプロン姿でいるメイドがドアを開け、不審そうにこちらを見た。

「ミセス・プレンティスに会いたい。カーニー・ワイルドだ」メイドの肩越しにさりげなく廊下を見る。メイドが対応を決めかねている内に、おれは古くなった帽子をメイドに渡して言った。「家の人たちはどこにいる？　ダイニングルームか？」

その言葉でメイドは我に返ったようで、片手で顎にふれて目を見開いた。「いえ、違います。アレック様とアリシア様しかいらっしゃいません。奥様は床についておいでです。奥様は――」

おれは会話を遮り、「どうも」とすばやく言うと、メイドの横をかすめて廊下を進んだ。家族用の小さなダイニングルームは、大きなダイニングルームの一画に位置し、折り畳み式の仕切りで隔てられている。アリシアとアレックが長いクルミ材の食事テーブルの両端に座り、優雅にコーヒーカップを操っていた。六本立ての燭台からの灯りがアリシアの髪を金糸のように輝かせ、顔にわずかな陰をつくる。彼女は視線を上げ、おれに気づくと微笑んだ。

「カーニー！」アリシアが立ち上がり、両手を差し出す。

おれは壁のくぼみから椅子を取って運び、アリシアにウインクをして彼女のそばに椅子を置いた。彼女はおれの腕をつかみ、揺さぶった。

「なぜ電話をくれなかったの？」

「忙しかったんだよ、アリシア」

それを聞いてアレックは鼻を鳴らすと、コーヒーを飲み干して無言で部屋を立ち去った。おれは彼の背を指差して両眉を上げた。

アリシアがかすかに肩をすくめる。「ああ、アレックはよくああいう態度を取るわ。ミセス・キンブルの死にぶちのめされているのよ」

おれはにっこり笑った。「ずいぶん、荒い言葉だな、アリシア。おれが言うならわかるが」手を伸ばしてアレックのカップを取り、大きな銀製のポットからコーヒーを注いだ。深みがあり薫り高い、濃いコーヒーだ。「最近のアレックの心境はいったいどうなっている？」

アリシアは砂糖を勧めたが、おれが首を横に振ると、彼女は口を開いた。「戦争のせいよ、カーニー。兄さんはまだ乗り越えていないんじゃないかと思う。何に対しても億劫がるの。戦時中、兄は絶好調だった。大学時代に入隊したの。二十六で大佐だったのよ。当時はよかったけれど、今では普通の生活に戻れずにいる」彼女は長い部屋の中や、窓の外の谷に続く伸び放題の芝に目をやった。

「アレックはいま何をしているんだい？　仕事は？」

アリシアは再び肩をすくめた。「何も。よく小さなボートを乗り回しているわ。ときどき不安定になるの。いくつか仕事をしたこともあったけれど、退屈だったみたい」

「へえ。それはお気の毒に」

「ばか言わないで」アリシアが噛みつく。「兄のことを何も知らないくせに」

「そりゃそうだ。夫人はどこにいる？　話があるんだ」

「あら、だめよ、カーニー。母さんはもう寝ていると思うわ。今日の午後は動揺が激しかったから」

「ああ、そうだな、アリシア。だが夫人は依頼人だ。おれは情報が欲しいし、夫人も報告が欲しいはずだ。行って訊いてきてくれないか？」

「でも、わたし……」

「じゃあ、部屋を見てくるだけでいい。もし夫人が起きていたら、おれに会ってくれるか訊いてくれ。重要な話だ、と言って」

「なんなの、カーニー？」彼女が尋ねる。

「後で話す。見てきてくれよ、な？」

アリシアはすぐに出ていった。彼女の靴音が機敏に階段を上がり、廊下を進むのが聞こえた。「母さんは起きているわ、カーニー。ちょうどあなたを呼びに、人をやろうとしてたんですって。あなたの車が入ってくるのを見たそうよ」

アリシアの案内で二階に上がり、ふかふかのカーペット敷の廊下を通って夫人の部屋に行った。ミセス・プレンティスはベッドの中で上体を起こしていた。元気そうだ。今夜、夫人のブラシのかけられた髪は銀色に輝いている。肌の血色も良い。フリルやレースがたくさん付いたシフォンのナイトガウンを羽織っている。夫人が片手を差出し、おれの方に指を振ってみせた。

「ミスター・ワイルド。来てくれて嬉しいわ！」夫人が歌うように言う。「ことの次第を話してちょうだい」

　おれはドア口から内に入り、シルバーのダマスク織の長椅子の横を通り、ブール象眼（べっこう・青貝・真鍮・金銀などの象眼細工）を施した飾りだんすを回ってベッドのそばに行った。夫人と握手をして、ベッドのそばのはしご状の背の椅子に座った。「おそらく同じくらい知っているんだろ、ミセス・プレンティス」おれは言った。「ヘンリー警部補から逐一聞いているのなら」

「そうね」夫人はきっぱりと言った。「警部補から聞いたのは少しよ。ジャクソン執事について。それにしても警部補は不快な男ね。警察はどこであういう人たちを見つけるのかしら？」

「特別に育てるんだよ。温室でこっそりと育ててるんだ」

　夫人は一度かん高い声で弾けるように笑い、その反動で声はすぐに消えた。

「そう」夫人が歯切れよく言う。

「今日の午後、ミセス・キンブルを見つけた時に、〈伝道本部〉でのジャクソンの様子を話してくれたわ。でもいったいどうなってしまったのかしら？」夫人の目がこちらをじっと見つめる。「あなた知っているの？」

　夫人を見つめ、虹彩の色が変わるのを見た。おれは首を横に振った。「いや。まだ全容はつかめない。断片だけだと思う、どういう訳か」

「ミセス・キンブルの死がミスター・キンブルの失踪と関係があるというの？　そしてジャクソンの殺人事件は？　どうなっているの？」

「それは却ってはっきりしている。ジャクソンは訂正した台本のせいで殺された。何者かが、台本をおれに渡すまいとしたために。その台本はキンブルがニューヨークに行かなかった確固たる証明になる。つまりキンブルの失踪は狂言だ」

「じゃあ、あなたはミスター・キンブルが……？」夫人が喘ぎながら尋ねる。

「この段階で過剰な憶測はしたくないんだ、ミセス・プレンティス。こう考えよう。ジャクソンが台本について知っている、とおれがあんたの夕食会の出席者に話したせいで、ジャクソンが殺されたと考えるのが論理的だ。彼がすでに台本をおれのオフィスに送ったとは言わなかった。その台本が重要なら、ミセス・キンブルと同様にミスター・キンブルも殺されていると考えられる。だが、はっきりするまで決めつけるのはやめよう。

　そこで知りたいのは、昨晩この家に招待された客全員のリストだ。住所も知りたい。それに一時期ミスター・キンブルを悩ませた若い女性に関してすべて聞かせてほしい。まだ暗中模索だが、情報をもらえれば出発点が見いだせる」

　ミセス・プレンティスはしばらく無表情でこちらを見ていたが、こくりと頷いた。「アリシア」夫人が鋭い声で言う。「鍵が引き出しにあるわ。金庫を取ってきて」

　アリシアが鍵を見つけて部屋から出ていっている間、おれたちは静かに座っていた。ミセス・プレンティスは枕を背にして、おれに向き直った。「それでどうしたの、ミスター・ワイルド？」夫人が熱心に尋ねる。

「どうしたのって？」

「まあ、じれったいわね！」夫人が鼻を鳴らす。「若い娘についてよ。あなたはなぜ知りたいの？」

「通常捜査だよ、ミセス・プレンティス。警察はまだ嗅ぎつけてない。そこが気に入ってね。それだけさ、今回は何も隠していない。キンブルがニューヨークに行っていないとわかれば、ここで何かあったとわかる。その若い娘を調べるのも、どこか胡散臭いからだ。かすかな糸口だが試さない手はない」

ミセス・プレンティスは枕に頭を預け天井を見上げた。眉根を曇らせている。「又、あのばかげた台本ね」

「認めたくないだろうが、偽装工作の兆候がある。だがつかんでいるのはそれだけじゃない」おれはメガネについて報告し、それが何を意味するか伝えた。「聖書の間にあったメガネをきっとグロドニックが持っている。それでキンブルがメガネをふたつ持っていたと立証できる。そこでもうひとつ工作が露になる。些細な事柄だが、どちらも確実性を持つ。ホテルを予約した男性はキンブルではない、と断言できる」

夫人はうわのそらで頷いた。もっと確実な証拠が、揺るぎない証言に基づくものが夫人には望ましいのだろう。

「ところでリストは」おれは促した。

「招待客のリストはすでに作ってヘンリー警部補に渡したわ」夫人がけだるく言う。「それを使ってくれないかしら?」

「それはできない。奴はおれをまったく信用していないから」

ミセス・プレンティスはこちらを見ようともせずに微笑んだ。「そうなの?」

「まあな。よくあることだ。」封筒を取り出して裏返す。象眼細工の飾りだんすの上の鉛筆を取る。

「まずプレンティス家の三人。それからドッジ」書き留めてゆく。「ドッジはどこに住んでいる?」

「チェリー・グローブ・レーンのマーティン家に間借りしているわ。ちょうど教会の向かいで通りを少し下りた所よ」夫人はまだ天井を見つめたままで、だるそうだ。アリシアがドアを開けた。おれは椅子を指差し、座るよう身振りで示した。彼女は静かにカーペットを歩いて音を立てずに座った。

「もちろんミセス・キンブルもいた」おれは言った。「それにドクター・ディーシズ。彼は何者だ?」

「スカイラー・ディーシズ」夫人が言う。「ザ・バークリー・マイナー・インにいるわ。彼はそのホテルのオーナーなの」

「彼はドクターだな? 医者か?」

「ええ、そうよ」ミセス・プレンティスが言う。「名医と言えるほどだったわ。もちろん、今は老齢で、診察はあまりしていない。家の外での活動は教会を手伝うことばかり。少し教会に肩入れしすぎて怖いくらい」

「なるほど。おれが知っている人物はそれで全部だ。他にはどんな人たちが?」

ミセス・プレンティスはおれの方を向き、アリシアを見て微笑んだ。夫人が金庫に手を伸ばしたのでアリシアは渡してやった。「フィッツジェラルド家が来ていたわ」夫人がぼんやりと言う。「それにエドワード・ジョイス大佐たちも。気取りやでうんざりさせられる大佐夫人。それにミルグリム一家も来ていたわ、ピーターとエラ、彼らは無害といえるわね、よくは知らないけれど、とても愉快な人たちよ」金庫に鍵を差し込み、蓋を開けた。

「その人たちの住所は?」おれは食い下がった。

夫人は嫌な顔をした。「いい加減にして、ミスター・ワイルド。探偵はあなたよ。わたしじゃないわ。電話帳を調べてちょうだい」金庫の中の紙をめくり、二枚選んで差し出す。

おれは封筒を置いて紙を受け取った。いったん目を通し、改めてメモを取りながら読んだ。それらは宣誓供述書だった。ひとつはドクター・ディーシズ、もうひとつはウィラ・ウィノカー。ドクターの供述はとても簡潔だ。マシュー・キンブルを検査した結果、当該男性には、まったく生殖能力がない旨を確認した、と率直に述べている。診断法と検査過程は詳細に示されている。そしてウィラの供述は巧みだった。

一見すると、女性更生施設への案内状の様だがそれは表面上に過ぎない。言葉遣いが巧妙でウィラも胸の内を打ち明けずにはいられなかったようだ。実によくできた書類で、六カ月前の日付だ。

供述によると、当該ウィラ・ウィノカーは、何の利益を得ることなく、ただ良心の呵責に苛まれて、彼女のお腹の子の父親がキンブルであるとした下品極まりない虚偽の主張を、これによって撤回したとのことだった。現実を直視できず夜にはうなされていたウィラにとって、キンブルはヴァレンティノに匹敵するほど理想的な紳士だったので、ついお腹の子の父親だと言い張ってしまったそうだ。子供の実際の父親についてウィラは言及していない。

よくできた供述書だ。キンブルの嫌疑を晴らしつつ、ウィラ・ウィノカーも潔白にしている。何者かが彼女を陥れるために作ったものではないが、視点を変えれば、この供述書には三つの逃げ口がある。腕利きの弁護士が彼女のためにこの供述書を書いたのだ。

メモ書きを終え、宣誓供述書を畳んでミセス・プレンティスに返した。アリシアはベッドの縁に座って供述書を読む機会をうかがっていたが、おれがすばやくウインクするとミセス・プレンティスは書面を金庫に入れて、すぐにふたを閉めた。

「この娘が今どこにいるか知ってるかい、ミセス・プレンティス?」

夫人は指で金庫を叩きながら、考え込んだ様子でアリシアの顔を見つめた。「いいえ」夫人がゆっくりと言う。「彼女の居所はわからないわ。父親のヘンリー・ウィノカーはマリオンに住んでいるけれど娘と一緒じゃないはずよ」

「父親は教会の信者だと言っていたな。今でもそうか？」

夫人はしばらく瞼を閉じた。「わたしの代わりに教会を再建してくれたのはヘンリーだったわ。働いている内にミスター・キンブルとも親しくなった。彼は何度か教会に来て、家族を連れてくることもあったけれど、あまり熱心な信者ではなかったわ」

「なるほど」心得顔に見えるよう努めた。メモの束ができていたが、却って手がかりを失っているようだ。「そろそろ仕事に戻るよ」立ち上がりメモをしまった。「教会は今どうなっているんだ？」

「どうなっている？」夫人は驚いた顔で訊き返した。「どうにもなっていないわ。なぜ訊くの？」

「キンブルが戻ってこなかったらどうするんだ？」静かに尋ねた。

夫人はおれを無言で見た。その瞳には痛みとためらいが見て取れた。「わからないわ」夫人は低い声で言った。「わからないの。案が浮かばない。少なくとも当面は続けるつもりだけれど」

「ドッジはどうだ？」

「まあ、ジェラルドなんて」夫人は追い払うように手を振った。「彼は好青年でミスター・キンブルの良い片腕だけれど、残念ながら信者をまとめる器ではないわ。それを肝に命じなくてはね」夫人は一瞬、考え込んだ。「その内〈伝道本部〉を閉鎖しようと思っているのよ」ゆっくりと言う。「いずれにせよ再開するのは難しそうね」そう自分で頷いてみせる。「そう、〈伝道本部〉を閉めるでしょうね」

夫人が急に片手を差し出した。「わたし、とても疲れているの、ミスター・ワイルド。失礼させていただくわ」おれの手を温かく握ると手を離した。夫人が目を閉じる。ドア口で振り返ってアリシアの肩越しに夫人を見ると、濃いグリーンの大きな瞳で見送っていた。おれが手を振ると、その目は再び閉じられた。

アリシアが車までついてきた。玄関ドアを閉めるまで彼女は口を閉ざしていた。「カーニー、いったいどうなっているの？　あの、妊娠したウィラの話？」

おれは立ち止まった。「彼女について知っているのか？」

「あら、当たり前でしょ。月曜に母さんがあなたに話していた時に窓際で聞いていたって、話したじゃない」

「そうだった。確かにその娘のことだ。なぜだ？　彼女を知っているのか？」

アリシアはおれの腕をつかんで静かに見上げ、目を輝かせた。「ええ、わたし彼女を知ってる。よく一緒に通学したもの。彼女の居場所もわかるわよ、シャーロック。先週も見かけたわ」静かに笑い、身体を寄せてくる。「もし仕事がうまくいったらわたしを可愛がってよね」

おれはアリシアに腕を回した。最初は優しく、それから引き寄せて次第に強く抱いた。「こうすればきみは参るだろ」さらに力を込めた。「ぐっと来るだろう？」

アリシアは声を上げて笑った。「確かにその通りね、カーニー。もっと抱きしめて」

腕にもっと力を込めたが、結果はさらなる笑い声と、顎元へのささやかなキスだけだった。アリシアのまつ毛がおれの頰をかすかに撫でる。そしておれたちは少々脱線した。ハリウッド映画でラムーアやクロスビーが歌う時のような夏の月が浮かんでいる。その優しい輝きにおれは心を惑わされていた。日中は、果樹園の芳香や薔薇の茂みからの軽やかで甘い香りには気づかないが、夜になると大きな花束のように香る。その芳しさに、そしてアリシアに翻弄された。　我に返ったのはしばらくしてからだった。

「わたしを巻き込むつもりね、シャーロック」彼女がおれの顎の下でいう。

「シャーロックと呼ぶのはやめろ」おれは唸った。「彼女の居所は？」

アリシアは腕の中で身体をねじらせ、つま先立ちになっておれの耳元に囁いた。「あの娘《こ》は〈マリンバ〉にいる。今はウィラ・ウィンターという名でダンサーをしているわ」そしておれの耳を噛んだ。

「よせよ」おれは静かに言った。「ただでさえ聴き分けのできない耳なんだ」彼女を元の位置に戻させ、両腕でしっかり抱きしめる。念のための防御だ。「一緒にその娘に会いに行こう」

アリシアはおれの腕からくるりと身をかわした。「ううん、急にわたしとデートしようとしてもだめよ、カーニー。順番待ちしないと。先約でいっぱいなんだから」

彼女が身動きする前にすばやく背中を引き寄せ、彼女の顔を見つめた。

「本当にごめんなさい、カーニー、でもこれからアレックの友達とデートなの。約束は破れないわ」

しばらく話し合ったが、おれに分が悪いのはわかっていた。ああだこうだと話し、そこかしこ触れ合った後、街までの長距離に向けてひとりで車に乗った。頭に血が上り、かすかな耳鳴りがする。そう感じたことは今までにもあったが、月光のもとでは初めてだった。

14

おれの住む街にはいいナイトクラブがある。〈コロネット〉だ。ワイフを連れていっても、ワイフが先に帰る心配のない店も六軒ほどある。そして安酒場もたくさんあり、それらは季節ごとに名前を変える。時には同じ季節の内に数回変えることもある。毎年のように改装し、しょっちゅう一掃される。〈マリンバ〉はそういう店のひとつだ。二階建てで入り口の黄色いキャンバス地のひさしが目立つ。ふたつのショーウィンドウには、絶世の美女たちが身体をくねらせたポーズをとっている写真が額に入って飾られている。どの写真の下にも名前はない。

階段に敷かれている擦りきれたレッドカーペットが、ピンクのライトのもとでは重厚に見える。さらに階段を進むと、左手に受付係のいる踊り場、右手にバーがある。お望みとあらばバーに佇み、すりガラスの仕切り越しに店内をただ眺めることができる。もっとも、カラメルソース色のコーヒーでねばる若い男は別として。

ダンスフロアは狭く、ハンカチサイズのテーブルがひしめいている。陽気なキューバ人のふりをしたフィリピン人のけだるい若者たちのバンドマンが、シャツの袖にフリルがつき、尻の形がはっきりわかるほどぴちぴちのパンツという薄汚いユニフォームを着ている。彼らはダンスフロアで踊っている若い女性に目をぎらつかせて楽器を持ったまま優雅なしぐさを見せるが、奏でている音楽はのこぎりの刃のように薄っぺらで鋭く、ところどころ欠けている。気品のある小柄な男性四人がマリンバを勢いよく叩き、演奏している曲のどこにもふさわしくない艶やかな音を奏でている。

女性の受付係に帽子を差し出した。中年の太った女性で、おれの帽子を受け取るか足をもぎ取るか、というほどのプロレスラー並みの筋肉の持ち主だ。おれは帽子を渡した。「ここはマックス・ワイントラウブの店だろう？　誰が経営している？」

彼女はぽかんとこちらを見た。「今、名前を言ったじゃない、あんた」ががら声で言い、使い古しの預かり証を渡す。おれは礼を言い、バーの奥の事務所に向かったが、あまり近づけなかった。というのも、紫のヴェルヴェット製ディナージャケット姿の気品ある太った男が、バーの隅から立ち上がり、「関係者」と記されたドアに行く途中でおれを阻んだからだ。

「何か用かい？」男が愛想よく尋ねる。

「マックスに」

「ああ」男はため息をついた。爪の手入れの行き届いた小指で左の眉を撫でる。男は実に優雅だ。襟はすべて四分の一インチの高さだが、それでも男の下顎に少し食い込んでいる。襟やカフスボタンに大きな赤い宝石をつけていて、おれに気づいてほしそうだ。「マックスから会いたいとあんたに連絡が？」男はずる賢い笑みを浮かべながら尋ねた。

「ああ、そうさ」おれは舌たらずに発音した。

男は襟元からパテントレザーのように撫でつけた髪に向かってゆっくり赤面した。「座れ。マックスが会うかどうかわからない」

「カーニー・ワイルドが来たと伝えろ」

「いいからここに座ってろ、ミスター・ワイルド」男はゆっくり言った。「ちゃんと座ってどこにも行くな。すぐ戻る」男は肉厚の赤い唇を引き締め、すごんで見せると、バーテンダーに合図した。「ヘンリー、ミスター・ワイルドに飲み物を頼む。店のおごりだ」男はこちらに睨みを利かせたまま奥の事務所に向かい、おれを見たままドアをノックした。そしてドアノブを回して奥に入っていった。

おれは手振りでバーテンダーを追い払った。安いウイスキーに我慢できないではないが、どうせ飲むならウイスキーとはっきりわかるものを飲みたい。太った男が事務所のドアを開けて手招きしたので、バースツールから滑り降りてドアに向かった。太った男が脇に寄り、ドア枠と腹の間に通り道を作る。おれは通路に目をやってから男の確固たる眼差しを見た。男に感じのよい笑顔を見せてから、むこうずねを強く蹴ってやった。男の集中力を乱すには十分だったようだ。男を横に押しのけて中に入った。

マックス・ワイントラウブは皆が想像するような人物だ。小柄なのはスラム街育ちのため。太っているのは幼少期の食糧事情が悪く、今その埋め合わせをしているからだ。着ている服は贅沢で華美で肩幅が広すぎで、パンツは緩すぎる。顔は手入れが行き届き、不自然なほど白い。マックスは高価な幅広のデスクの向こうでゆっくりと立ち上がり、高価な長い葉巻を置き、高価なダイヤモンドの指輪をした、垢抜けた太った手を差し出した。

「やあマックス。あんたもたいした用心棒をやとったもんだ」太った男に笑いかけた。

マックスはおれの手を厳かに取り、義理程度に握って離した。それが挨拶というわけだ。彼が再び手を上げドアを指差すと、太った男はドアを開けて静かに出ていった。

「女房のいとこでジュリアスというんだ。客あしらいはそう悪くない」マックスは白い革張りの椅子に座り、お世辞笑いした。

「そう悪くないかもな。だがボガード気取りは止めろと言っておけ。でぶには似合わない」

「ああ、同感だ。用はなんだ、カーニー？」

「たいしたことじゃない」おれは肩をすくめた。「少し頼みがある」

「少しって？」マックスがすぐに訊きかえす。

「おいおいマックス、焦るなって。無理強いするつもりはない。あんたとこの娘《こ》と話がしたいんだ。できたら二人きりで」

　マックスはこちらを見つめると、手に取った葉巻をテントの留め杭のように顔にねじ込んだ。「犯人容疑か？」

「いや、そうじゃない、マックス。面倒はかけない。調査しているだけだ」

「仕返しもないいな？　確かか？」

「仕返しもないさマックス、その娘《こ》からを除けば」

「くそ」彼は手を乱暴に振った。「珍しくもない。おれはいろんな目に遭ってる」

「それで、どうなんだ？」おれは言い寄った。

「かまわんよ？　いつか借りを返してもらうさ。誰に用だ？」

「ウィラ・ウィンター」

「ほほう」マックスが頷く。「思った通りだ。ここで待ってろ」彼は椅子から滑り出て立ち上がった。恰幅がいいので座っている限りは大柄に見えるが、短い脚で立つとせいぜい五フィートほどだ。「勝手に飲んでてくれ、カーニー。彼女を来させる」マックスは出て行き音を立ててドアを閉めた。

おれはタバコを吸って待った。

ウィラは黒髪で際立った美貌の持ち主だった。まだ若くてしっかり筋肉もあるが口元にはほうれい線が見え始めている。何も言わずにマックスのデスクまで歩いてきた。薄っぺらなダンスの衣装だ。さぞ家で手入れをしているのだろうと思われる白いハイヒール、小ぶりなヒップにはブルーのスパンコールつきのぴちぴちのショートパンツ、同じくスパンコールがついた透けそうなブラジャー。彼女は得意そうに身体を見せびらかすが得意になるのも無理はなかった。バストがちゃちな衣装の下から戦闘旗のような派手さで日の出の大砲のように高く張り出している。ウィラは振り返り、鑑賞の時間をおれにたっぷりくれた。彼女はマックスのデスクのタバコ入れから一本失敬すると、デスクに腰かけてタバコを高く掲げるようにしておれが火を点けるのを待ったので、そのまま待たせておいた。

しばらく経ってから彼女はかすかに顔を赤らめ、デスクにある金メッキのライターを乱暴に取ってタバコの下で火を点けた。

「あんた困ったことになってるぞ、ウィラ」優しく言った。

「え?」彼女が濃い眉をひそめる。「あんたいったい誰なの?」

「おれの名はワイルドだ」財布を取り出し、開いてすぐにまた閉じた。保安官代理のバッジが灯りの下できらりと光った。「繰り返すが、あんたは困ったことになってる。キンブルが生きている間は安全だったが、今は状況が違う。もみ消されても誰も気にしない」

おれの言葉は効かなかったようだ。ウィラはこれ見よがしに冷笑し、ふっくらとした赤い唇をすぼめてタバコを吸った。「あたしのことは心配しないで、お兄さん」

「心配なんかしないさ。情報交換を持ちかけるつもりだったが、あんたは晒し者になっても構わないらしい。取引したくないというんだな」

「晒し者ってどんな？」ウィラがのんきに尋ねる。

「ゆすりだ」

「笑わせないで」彼女が鼻を鳴らす。「ポリ公には指一本触れさせないわ。キンブルに金をせびったりしていないもの」

「そうだろうが、警察はあんたがゆすりをもくろんだと踏んでいる。そうなると犯人容疑と同じくらい厄介だ。逃げおおせても、何かしらまとわりつくぞ。」おれはタバコをひねり消して椅子に座り、彼女にしばらく考える時間を与えた。自分の立場を把握していない彼女には、良い機会だ。

「どんな取引をしようっていうの？」ウィラは尋ね、振り返ると吸い殻を偽の暖炉に投げ込んだ。薄い茶色の腕をちょうど胸の下あたりで組む。申し分のない眺めだ。ウィラのバストが信じられないほどの角度に引き上がっている。おれはもう少しで話を忘れるところだったが、取引する気が萎えつつも、とにかく先を続けた。

「赤ん坊の話は嘘だろう？」彼女のぺたんこの腹に目をやってから彼女を見つめた。

ウィラは愛撫するように平らな腹を撫でた。「ベイビーがいそうにないわね」彼女は認めた。と、急に痛烈な笑い声を一度だけ上げた。「嘘じゃなかったのよ、おまわりさん。流産したの」彼女の口の両端が下に歪んだ。「お腹を叩きまくって、流したわ」

「きついな。気の毒に。父親は誰だ？」

ウィラはあざ笑い、視線を向けようとしなかった。目の端でちらりとこちらを見たが、顔は床を向いたままだった。

「これが情報交換だよ、ウィラ。誰か話してくれたら、おれはすぐに忘れるし宣誓供述書を送る。それが取引だ」

「帰ってよ、おまわりさん」

室内に何らかの動きが生じるまで、おれは口を開かなかった。ウィラと共に沈黙に身を委ねた。彼女は身動きせず床を見つめて次の提案を待っていたが、突然、顔を手で覆って大声で泣き出した。おれは動かなかったし言葉もかけなかった。

ウィラは泣き止むとデスクを回り、マックスの椅子に座った。下の引き出しを開けてティッシュを取り、引き出しを閉める。目元を拭いている彼女に尋ねた。

「今はどこに住んでいるんだ、ウィラ？」

彼女はティッシュを置いた。「上の階よ、なぜ？」

上は〈ロダンホテル〉という安宿で、簡易宿泊所よりは三段階ほどましな所だ。彼女は部屋を借りられるほどの給料があるのだろう。おれは肩をすくめた。「連絡先を知りたかっただけだ」凄味を利かせて言った。

ウィラは震えて顔を上げた。頬に涙の跡が見える。嘘泣きではなかった。「まったく、どうしてそっとしておいてくれないの？　あんたに何かした？」

「何も」わざと陽気に答えた。「そんな機会もなかっただろう」

その言葉で彼女はさらに涙した。激しく泣きじゃくり、むき出しの肩を細かく震わせる。見てよ、おまわりさん、白くてきれいな肩に立派な胸でしょう？　ちょっといいことしない、おまわりさん？

「話に乗るかどうかは」おれは乱暴に言った。「あんた次第だ。おれが会いに来たからといって、今後誰かが助けに来ると思うな。あんたはいい娘《こ》だが、ナイトクラブにはあんたのようなのがごまんといる」

ウィラは両手で顔を叩くとデスク越しにつばを吐いた。「くそったれ、ばか野郎。どうなるかみてな」彼女が叫ぶ。話したいことがもっとあるのだ。〈マリンバ〉で働いている時には、いい娘が使うような言葉遣いをうまく選んでいる。ウィラは悪態を言い尽くすとさらに泣いた。

おれはデスクに近寄った。「話す気になったらマックスにそう言ってくれ、ウィラ。奴がおれに連絡をくれる。だが急いでくれ。あまり待たされると、あんたを裁判所につれてゆくからな。その時には取引はもうなしだ」彼女の震える肩を見つめた。今の彼女は素だ。本気で泣きじゃくっているのは怯えた娘のものだった。「やっかいな仕事に首をつっこんだな、ウィラ。協力してくれたら、そこから抜け出す無料券をやるよ。考えてくれ」

おれはしばらく立っていた。「よく考えるんだぞ、ウィラ」敷物の上を通ってドアを開けた。マックスがすぐに背筋を伸ばして咳払いした。

「いつか片目がつぶれるぞ、マックス」彼の腕を取って玄関口まで一緒に歩いた。「ひと口乗る振りをするなよ。厄介だぞ。黙って無視してろ。体に気をつけろよ」

「ああ。わかったよ、カーニー。気のしれた仲だ」彼は慌てて言った。

「ああ、気はしれてるよ、だからこそ警告するんだ。この件には関わるな。じきにウィラはおれと話をしたがる。猛烈に会いたがるはずだ。彼女にはおれの素姓を明かすな。何も。ただ連絡してくれればここに来る。言うことがわかるか?」マックスにできるだけ激しく言った。彼の尖った鼻が上を向いているのが嫌だった。どうしても気になる。

「わかったよ、カーニー。気がしれた仲だ」マックスが泣き言をいう。

おれは受付係の女性から帽子を受け取り、二十五セント硬貨をやった。若い女性はそれをみてひどく驚いた。「悪いな。次にはもっと払うよ」

若い女性は鼻であしらい、幅広の親指で硬貨を回して階段に弾いた。見ごたえがあった。その後、下衆な奴なら火のようにまっ赤になって、女性が折り畳めるような紙幣を気前よく払い、女性の服の胸元に押し込むのだろう。

おれは笑った。「今日はただで預かってもらったな、ダーリン」マックスのたるんだ背中を叩いて言った。「忘れるなよ、マックス」おれは彼が請け合ったのを背中で感じながら階段を下りた。杖を突く年寄りにしかダンスできないような、バランスの悪いマリンバのセレナードからやっと解放される。受付係が帽子にガムをつけていないか、入念にチェックした。そして帽子を被って通りに出た。気分は良かった。怖がっている娘を三十分脅した時に感じる気分の良さだ。彼女が何を話すべきか、おれは知っていなければならない。ある予感が背筋をかけあがる。父親の名前こそを知るべきだ。うまくいけば後ろめたさは薄まるだろう。そうなればありがたい。そしておれは正当な下衆野郎になる。おそらく多少いい方の種類の。通りを歩いて自家用車に乗ると、飲むために家に帰った。

15

朝、ベッドから出るのに難儀した。嫌な一日になりそうだと思うといつでも、楽しみを思い浮かべてごまかしたくなる。その日の頭の中は、過去の強烈な思い出でいっぱいだったが、最後にはベッドから飛び起きてシャワーを浴びた。軽い朝食を取り、念入りに髭を剃って三十分後にはアパートを出る。おれはダウンタウンを抜けて、契約している駐車場に向かった。

駐車場のボーイがおれに口笛を吹いた。からかったのかもしれないが、称賛と取ることにした。歩きながらチップの用意をする。手持ちの服で一番のオックスフォードのグレーフランネルに糊のきいたシャツ、そしてシルバーストライプのネクタイをしていた。これらで一週間の利益が飛ぶ値段だ。朝一番の訪問のためにおしゃれしてきたのは、分別ある人間とみられたいからだ。ネッド・ハーヴィーはさほど気に留めないかもしれないが、交渉がしやすくなる気にさせてくれる。愛想よく駐車場のボーイに会釈し、彼から駐車チケットの半券を受け取った。

ジョンソンのオフィスは、ジョンソン・ビルディングの上部八階を使用している。デパートを除いて街で唯一空調設備の整った建物だ。ジョンソンビルの外観は保険会社らしくない。企業集団を管理しているグループなのだ。会社は様々な指揮を取り、朝から市長の頭痛の種となっている。おれは九時半に正面玄関から入り、エレベーターでは、身ぎれいで健康的な若いジュニア・エグゼクティブたちと乗り合わせた。年長の連中は十時にやってくる。十二階で降り、フロア案内を見た。ハーヴィーのオフィスは一二一七号室だ。一二〇〇号室から一二六〇号室は左へ、と矢印がついている。おれは左に向かった。

一二一七号室には「立ち入り禁止」と札が下がっている。矢印で「入口一二二〇号室」とある。「立ち入り禁止」の札の下がったドアを三つやり過ごしながら廊下を進み、一二二〇号室に着くと、そこにも札がかかっていた。「賠償調査部門」と書いてある。ドアの左手に名前のリストが小さな字で書いてある。ネッド・ハーヴィーの名が一番上だ。名前の後に「マネージャー」とあり、このおれですら、帽子を取らなければならないのではないか、と思った。シルバーストライプのネクタイをしてきてよかった。験《げん》かつぎにネクタイを軽く叩き、締め直してから室内に入った。

ミスター・ハーヴィーに辿りつくのは簡単ではなかった。グリーンの縁の度の強いメガネをかけたはきはきとした若い女性に呼ばれ、白髪頭をアップにした元気がよく動作も機敏な中年女性の元に案内された。中年女性はおれの衣服を値踏みし、耳の辺りを見て散髪の必要がないかを確認した。指先も差し出して確認してもらいたい衝動に駆られたが、相手が乗ってこないだろうと思った。女性は椅子を勧め、灰皿スタンドを引き寄せ、待つよう言った。すべて手慣れた動きで、おれはまるで、女中に嫌がらせをしたかどで面接に来たような気にさせられた。女性に嫌われるのは嬉しくない。脚をそろえ膝に帽子を置いて静かに座った。ハーヴィーがおれの名を思い出し、入室を許可するまで十分かかった。

ハーヴィーは個室のオフィスを与えられていた。リノリウム製の戦艦ゲームのグレーのマットを敷いたグリーンの金属製デスク、一対のすわり心地のよさそうな椅子と、立派な錠のついた個人用ファイルキャビネットがある。彼は窓枠を背に、部屋の隅のデスクに座っていた。反対の隅には彼の秘書用の申し訳程度のデスクと網目状の形態の椅子がある。おれが入ると彼はいったん立ち上がり、乾いた笑みを浮かべて、また座った。

「おはよう、ワイルド。昨日来ると思ったよ」彼はホチキスで留めた書類を取り、秘書に差し出した。「ミス・ハリス、これをウィルコックスへ持っていって、この流れで正しいと思う、と伝えてくれ」

秘書が書類を手に出て行くまでおれたちは待っていた。秘書はドアをしっかりと閉めた。おれはデスク脇の椅子に腰を下ろし、床の右側の足元近くに帽子を置いた。包みの中のタバコを揺らし、取りやすくしてから一本ハーヴィーに勧めると、すばやく首を横に振って断った。おれがタバコに火を点け、デスクの端に灰皿を引き寄せるのを彼は見ていた。

「シャーボンディの件では、お見事だった」彼はきさくに言った。

「あいにく強運でね」

ハーヴィーはかすかに眉根を寄せ、頭を傾げた。「もちろん、そうだろう。だがおれが言いたいのはそういうことじゃない。あんたの仕事のやり方さ。そのお手並みには興味がある。誰だってついてる日はあるが、たいていは台無しにする」

「それはどうも」

ハーヴィーはデスクに両肘をついた。両手を組んで指の間で鉛筆を振り、鉛筆が上下するのを見ていたが、そっと鉛筆の端を噛んだ。噛み続け、消しゴムまで噛んだ。「あんたを雇いたいと思っている。おれがゴーサインを出した。月に百ドル。呼び出すたびに日当を出す。ネタをつかんだら十パーセントだ。年次の賞与をつけてもいい。話に乗るか?」彼の声は少し鼻声でけだるく冷淡だが、おれには天使の声に聞こえた。

「新しいネクタイをしてきた甲斐があった」にっこり笑った。

ハーヴィーも微笑で答えた。「第一報はおれたちにくれ、頼んだぞ。他は歩合制だ。顧問料は保証されている。四半期ごとの支払いが可能で二年の契約だ」彼はさらに鉛筆を噛んで思案した。「おれのもとで働いてくれるなら日報を書いてくれ。いいか?」

おれは頷いた。「書けるさ。いつ始める?」

「午前の内に書類を送る、日付が明日のものだ。二通送るから双方に署名して一通を送り返し、一通は持っていてくれ。今は暇か?」彼の声は過度に気さくで、冷淡だ。

「そうでもないな」はぐらかしてやった。

ハーヴィーは鉛筆を噛むのを止めた。今度は目の間に鉛筆を上げ、目を閉じるくらい顔に近づけた。そして顔から鉛筆を離した。彼は左目を閉じ、鉛筆の尻越しに右目でおれに狙いをつけた。「調べてほしいことを手に入れるよ」そう言いつつ動こうとしない。実際には興味を抱いていないのだ。

「わかった」おれは言った。「本音で話そう、契約は口止めだろう?」

ハーヴィーは鉛筆を落とし、両目を見開いた。悪意はない。彼のどこをとっても悪意がないことがわかる。「何を言ってるんだ?」ハーヴィーの声の調子からもう親しさは感じられなかった。

「こっちのせいだろう」おれは慎重に言った。「うっかりしていたが、イヤリングについて話す前におれと契約したがる理由を教えてくれたら、仕切り直しもできるってもんだ」

ハーヴィーはそれが気に入らなかったようだ。おれのことを嫌いになり始めている。彼は口を開き「おお」と声に出さずに言い、冷淡にこちらを見た。おれがイヤリングについて知る必要がそもそもあるのか、彼は思いを巡らせている。しばらく彼の思うままにさせた。

「違う」おれは言った。「勘違いするな。マーゴリーズから聞いたんだよ」

ハーヴィーはきつく眉根を寄せた。「奴もおしゃべりだな。極秘のはずなのに」

「極秘だ。おれはその種の探偵だからな」タバコを深く吸い込み、煙をゆっくりと吐き出す。「ミセス・プレンティスがおれの依頼人だと知らなかったのか?」

「ああ」彼は首を横に振った。「知らなかった」

「まあ、先走ることはない。聞いたところではイヤリングは関係ない」

ハーヴィーの表情が少し緩む。彼はデスクの上のメモとペンのセットに向かって頷いた。「確かか?」静かに尋ねる。

「いや。確かじゃない。だが無関係だと思う。イヤリングについて聞かせてくれないか?」

「いいとも」ハーヴィーは両肩を少し上げ、だるそうに冷笑した。「あんたは全部知っているようだ」

彼はデスクからフォルダーを出し、勢いよく広げた。「消えたのは一月二日と報告されている。盗難もしくは紛失だ。一月一九日に届けが出た。夫人はイヤリングをエセックス・ダンスホールの新年会につけて行き、翌朝、なくなっていることに気づいた。なくしたのは片方だけだ」そして勢いよくフォルダーを閉じる。「七千ドルのちっぽけなイヤリングにおまえが首を突っ込むのか。保険金は支払済みだ」

「それが、何だ?」おれは尋ねた。

ハーヴィーはしばらく考えた。「どう支払うのが賢かったかにもよるがな、ワイルド。おれたちは金を返還してもらえると考えている。きっと夫人はイヤリングを戻してもらいたいだろうから」

「合点がいかんな。どこが怪しいんだ?」

「仮定の域を出ないが、イヤリングが盗難なら、辿るとシャーボンディに行き着くはずだ。盗んだ代物を半年待っているのは長いが、彼ならありうる」ハーヴィーがこちらを鋭く見る。「何も悪いと言ってるわけじゃない。ただ裏を取りたいんだ」

「おれの手には負えないよ。優先順位の高い任務だが、あんたが犯罪を防ぎたいなら、すぐに調べて報告するさ。イヤリングはどこだ?」

ハーヴィーが微笑む。「金庫だ」

「おれが連絡するまでイヤリングを保管していてくれるか?」

ハーヴィーは慎重に考えた。実に熟慮する男だ。おれが裏切る可能性がないとわかると、再び微笑んだ。「わかったよ、ワイルド」きっぱりと言う。「いつ連絡してくれるか教えてくれ」

「じゃあ話を整理しよう。その女性は依頼人だ。もしイヤリングの件で裏があると見つけても、おれは夫人を見限らない。調査のためにあんたに話すが、それだけだ。夫人がシロならそう伝える。依頼人を宙ぶらりんにするようなことはしない。それでいいか?」

「わかった」彼が肩をすくめる。「おれたちのために働いている時も、そうあってくれよ」

「じゃあ契約書の話はまだ続行か?」

今度はハーヴィーが笑う番だった。椅子の背に寄りかかり、忍び笑いをした。温泉がふつふつと湧くような音だ。「もちろん続行だ、ワイルド。あんたを雇うよ。これだ」ファイルに一本指で触れる。

「これはあまり意味がない。だが何か思いついたらすぐに知らせてくれ」

そうすると告げた。ハーヴィーが手助けしてくれて嬉しいと言ったので、手腕を買ってくれて感激だ、と伝えた。しばらく儀礼的に話し、彼にドア口まで送られ廊下に出た。

エレベーターに戻り、ネクタイのように輝かしい笑みを浮かべながら、静かに自分に口笛を吹いた。保険会社に雇われて日当十パーセント、そしてラザラスからの収入といくつかの今までの仕事で、おれは間もなく世に知られた人物になる。所持金と予定額を試算して、購入できる品について考える。マンチェスター・パイクからバークリー・ロードに向けて運転する間に皮算用を続けた。〈ザ・バークリー・マイナー・イン〉に着く頃には二万ドル使っていた。パークのそばの改装したアパートにフレッド・アステアのような服を揃え、派手なオフィスを構える。三人の助手を雇い、その内二人は女性にする。そしてキャデラックのオープンカーだ。自分のぽんこつ車を駐車場に入れ、誰かに気づかれる前にこっそりと車を降りた。

〈ザ・バークリー・マイナー・イン〉はグレーのスレート板で天然花崗岩のコーニス（柱の上部に渡した水平部の最上部を構成する突出部）を持つ八階建てで、ノルマン人の城のようだ。外観は好みだが、中に入ったことはない。大半は定住用になっていて、街に出るには便利だし静かで平穏だ。引退したり、家族が一緒に住みたがらない時にふさわしい場所だ。ホテル部分にはレストランがあり、街ではほとんど良い店がない中、そこそこの好評を得ている。せっかちな若者には魅力的ではないだろう。店では酒を出すが、最上級の冷淡な軽蔑も提供する。音楽は素晴らしいがダンスする類のものではない。六名の演奏者が厳かに繊細に室内楽を奏でる様は、ヘビがハエを食するごとくだ。演奏は聞きにくる価値があるが、たいていの人は同様の演奏を毎晩ラジオで聞いてそれで良しとしている。〈ザ・バークリー・マイナー・イン〉は投資に利潤がつく。高くはないが堅実だ。ドクター・ディーシズは金銭感覚に優れていると想像できた。

ロビーはひんやりとしていて、かすかにかび臭い。一九二八年に建てられ映画館のような荘厳さだ。中央には大理石の噴水があり、噴き出した水がかび臭さを説明している。ロビーは半エーカーほどで、金の模様の入ったトルコ赤のカーペットが敷き詰められている。ドアから噴水の両側とフロントに続く部分は、カーペットが擦り切れてグレーになっている。背もたれの高い気取った椅子は硬く耐久性に優れていそうで、年配の集団が椅子に座って昼食の合図のベルが鳴るのを待つのにも、じっと耐えられそうだ。擦り切れた跡を通ってフロントに行き、辛抱強く待っている時、低いウイングカラーの襟のシャツを着た昔ながらの紳士が、脚を庇いながら椅子から立ち上がり、こちらにやってきた。おれはドクター・ディーシズに会わせてくれ、と頼んだ。紳士は申し出を一瞬考え、予約したかと尋ねたので、名刺を手渡した。財布から一番きれいな名刺を選び、ドクター・ディーシズに伝えてくれるよう頼んだ。紳士はフロントの電話で交換台につなげると、おれを直に電話口に出させた。電話は様々な場所につながれ、結局、最初の場所に戻った。

ドクター・ディーシズはおれの来訪を喜ばなかったが、不愉快でもなさそうだった。彼は万事に冷ややかな気質なのだ。たまたま通りかかったので昼食を取りに寄った、とおれは話した。一緒に食事をしないかと誘い、あれこれ自分の話をした。ドクター・ディーシズはしばらく考えていたが、申し出を受け、ぜひ食事代はこちらで持たせてほしいと主張した。

ドクター・ディーシズが下りてくるまで噴水を回り、水しぶきを見ながら、金魚の数を数えた。ミセス・プレンティスのところの珍しい白黒の金魚がどこから来たかわかった。ドクター・ディーシズは金魚を繁殖しているのだ。中にはリュウキンやグッピーもいる。他の種類もいるが、知らない種類だった。食事時にロビーに集まる体力の衰えた人には、純粋に目の保養になるだろう。

ドクター・ディーシズは痩せていて目の下にはしみと黄ばんだくまがある。黒の上下を着ているが、ジャケットの裾がフロックコート並みに長く、黒のひもタイが高い襟を少し開けたクーリッジ（一八七二—一九三三。米国第三〇代大統領）のようで似合っている。かさかさでしわだらけの手を差し出して握手し、手を引くと左の手で拭いた。彼の案内でロビーを通ってホテル専属のダイニングルームにゆく。どのテーブルにもオーナーの名が入った小さなナプキンが扇形に置いてある。室内に人はほとんどおらず最初の客だった。もっともドクター・ディーシズは頭数に入らないだろうが。彼について部屋を通り、窓際のテーブルに着いた。するとウェイターがふたり飛んできた。一人がテーブルの番号札を片付け、もう一人がボスのために椅子を引いた。ドクター・ディーシズは背中を丸め疲れた様子で席についた。まるで映画に出てくる、金のないミシシッピのばくち打ちのようだ。彼は狂気じみた輝きを持つ目をしている。人生の後半に信仰心が篤くなったことから来る強烈な眼差しの持ち主だ。彼は手の先をきちんと合わせて、おれが話題をふるのを待っていた。

　おれは上品な表情を浮かべつつ、冷たい水を飲もうとした。ウェイターが注文を取りにきた。ドクター・ディーシズがステーキを勧めたので、それを頼んだ。ウェイターが装飾品と見まごうばかりにテーブルのそばにいたので、いなくなるまで待った。ドクター・ディーシズは自らの昼食を頼むわずらわしさはないようだ。彼のメニューが次の十年で定着するような、そういう人物なのだろう。ウェイターが立ち去ると、おれは切り出した。

「ミセス・プレンティスから聞いたが、ミスター・キンブルはウィノカー家の娘と厄介ごとになったそうだな、ドクター。宣誓供述書を読んで話が見えたんだ。だがきっとあんたが細かい点を二、三付け加えてくれると思って」

ドクター・ディーシズは生のニンジンがのった皿を優雅に手に取り、少しずつ食べた。彼の鼻がさかりのついたウサギのように動く。おれは食べている彼の手元を見ていた。細長い手で爪はへら状だ。彼の棺型の面長の顔は年相応にそぎ落とされ、引き締まっている。頭の毛はないが、禿げ頭が妙には見えない。むしろ紳士にみえるように頭が滑らかになったかのようだ。彼の眼は明るく、磨いたシルバーの冷たい光沢のように光を反射する。ニンジンを嚙みながら、おれについて考えているようだ。ナプキンで口元を二度ほど軽く押さえた。

「わしがミセス・プレンティスの家で見たところによると」ドクター・ディーシズは淡々と言った。「きみは夫人のために調査員として働くよう雇われたようだが。間違いないかね？」

「その通りだ、ドクター」

「ではなぜわしのところに尋ねにくるんだ、きみの……きみは職業としてどう関わるのかね……依頼人に？　夫人からの情報で十分じゃないのかね？」

ウェイターがバスケットボールほどのボウルをおれの皿の上に置いた。砕いた氷の中にある小さな透明のカップに、ヴィシソワーズが入っている。ウェイターがうろうろしている間おれは大ざっぱに塩をふってスープを味わった。ドクター・ディーシズはスープを飲まなかった。ウェイターがいなくなると、おれはスープをぐっと一口で飲みほし、続きを説明した。「欲しい情報というわけではないんだ、ドクター。概要は知っているし事実も把握している。あんたの印象を聞きたい。そんなところだ」

ドクター・ディーシズは厳かに頷いた。「なるほど」ゆっくりと言う。「それで合点がいったよ、ミスター・ワイルド。聞きたいと思っているのはどんなことだ？」

「まずウィノカー家の娘についてざっと聞きたい。始まりはいつだ?」

「それはわしにもわからん」ドクター・ディーシズは考え込んで言った。「当時わしはカナダにサーモン釣りに行っていたはずだ。はっきりとは思い出せないが、最初に聞いたのはミスター・キンブル本人からだったと思う。その後ミセス・プレンティスもやってきた。彼らの提案には、わしはどちらかというと批判的だった。ウィノカー家の父娘をきちんと罰したかった」彼は目を鋭く輝かせて眉根を寄せた。「だがミセス・プレンティスの意見で私見が揺らいだ。それからミスター・キンブルの依頼で必要な検査をした。彼はずっと生殖能力がないと言っていたからだ。そして事件は決着する。検査結果をミセス・プレンティスに報告書として書き、積極的な動きはしないと同意してもらった。夫人とミスター・キンブルが娘に撤回の署名を得ようとしたのも理解できたし、その内容は公にしないということだった。夫人たちに、もっと徹底的な措置をするよう説得したが、彼らは穏便に済ませると決めていたので、しまいには夫人たちの意見に同意した。それ以来議論をしていない。これ以上議論する類の話題でもない」ドクター・ディーシズは厳格に言った。

「もちろんだ。ミスター・キンブルの失踪と彼の妻の死に関係がないと言えるなら、今さら蒸し返しはしない」

「わしにはわからない」軽蔑するように言う。「きみの考えはどうなんだ?」その声はアルカリのように乾いている。

「はっきりとしたことは何も、ドクター。ただの勘で。ところで娘はどうなった? 本当に身ごもっていたのか?」

「なんとも言えんよ、ミスター・ワイルド」彼は頑固に言った。「憶測で話すべきではない。わたしの患者ではなかったし、彼女を検査しなかった。妊娠したと彼女自身が言った、というだけだ」

ウェイターが四インチ四方のステーキを持ってきてアイスボウルと置き換えた。おれは会話が流れるままにしてステーキに取りかかった。数分後、肉を噛みながら再び話を続けた。

「ドクター、キンブルが性的不能者というのは確かなのか？　つまり回復する可能性はまったくないのか？」

「その可能性はない」ぶっきらぼうに言った。「心因性の不能ではない。先天的で治療できない種のものだ」彼はボウルに入ったべちゃべちゃとしたものをスプーンですくった。ミルクを入れたグラハムクラッカーのように見えるが、尋ねる気にはならなかった。彼は嫌がりもしないが興味もなさそうに、ゆっくりと食べ、ポットの紅茶を飲んだ。おれはステーキを控えめに食べようとしたが難しかった。

「娘はどうなったんだ、ドクター。知っているか？」

「いや、知らん。万事において苦々しく思っていたので、わしの役目が済んだら、それ以上関わらないと宣言したのだ。ウィノカーが教会を後にしたのは、娘の体調を咎めたからだと聞いた。一度面と向かってウィノカーにその件で尋ねたが」ドクター・ディーシズの目は熱くぎらついた。「そんな考えはまったくないと言われたので、それきりにした」

「父親だな？」娘の父親について考えが及ばなかった。「彼はキンブルを非難したのか？」

ドクター・ディーシズは激しく鼻を鳴らした。「ウィノカーはわしには特に言わなかった。信者の話によるとミスター・キンブルについて色々言っていたようだが、わしが話してからは何も言わなくなった」

おれはにっこりと笑った。ドクター・ディーシズと激しくやりあったら、誰でも勢いがなくなるのは想像できる。年配者は年齢が表に出るものだが、ドクターには神に従わない輩を恐れさせる細身の剣のような激しさがある。しばらくステーキの残りに没頭することにした。

「ウィノカーはまだマリオンにいるのか？」しばらくしてからおれは尋ねた。

「わからんよ、ミスター・ワイルド」ドクター・ディーシズはすべてに対して興味を失っている。炎は消え去った。これ以上話題もないので、サーモン釣りについて偽善的な質問を少しして、年配者の贅沢な趣味を昼食の時間帯の思い出にさせた。

ドクター・ディーシズは自分の話題になると嬉しそうになった。乾燥バエに関する目安を色々と教えてくれた。サーモンを釣るには冒険的な手法らしい。おれとしてはサーモンは政府から支給される金魚で、食べないものと考えている。もっとも、ひとつ二ドルのサーモンマヨネーズは食べるが。いずれにしろ、サーモンは社会的な問題ではない。ドクターの話に感心するように相槌を打っていると、話題がカナダやメイン州に移った。同じ話が三回目になった時に話を遮って、約束があるようなふりをした。丁寧に断るべきだった、というのもドクターはおれが立ち去る時落胆したように見えたからだ。またステーキが食べたくなったらいつでもおいで、と言ってくれた。いずれそのうちに、と答え、真心のこもった挨拶を交わして別れた。彼は広い階段を一緒に下りて車まで送ってくれた。客に会うと愛想よく会釈する様は、バルカン半島にいる、位の低い王子のようだ。ドクター・ディーシズが別れの挨拶を言って少し力を込めて握手してくれた時、彼のテストに合格した気がした。窓から手を振り、マリオンに向かって車を走らせた。

16

ウィノカーの居場所を見つけるのに人に訊くまでもないと思っていた。マリオンの村を歩けば、タバコの火がついている間に見つかるだろう。ガソリンスタンドが数店、州の酒屋、新しいスーパーマーケット、そして駅の向こう側に数店舗あるが、そちらはビジネスエリアだ。それ以外は住宅街で、低所得者の住宅と田園の空気や静けさと利便性を望む人のためのアパートがある。

通りをゆっくりと歩いて目的の人物がいないか目を凝らした。ウィノカーは教会で働いていたのだから大工か建築業者の類だろう。探偵だから何ごとも賢く見つけ出すほうだが、思惑が外れた。彼は大通り沿いの金物屋だった。おれは二度通り過ぎてから、ペンキで書かれているが今はその字が褪せている店名に気づき、駅の駐車場に車を停めた。

ウィノカーの店は自宅に建て増ししたものだ。店舗部分は歩道に沿って平屋の形で広がっている。横にはセメントの通路があり自宅に通じていた。店のドアを開けて中に入った。曲がったスプリングについたベルがけたたましく鳴る。なかなか魅力的な店内だ。両側に日の差しこむ小さな窓があり、その下にはクルミ材の背の高いたんすがある。引き出しは数インチの高さで各々に磨いた真鍮のつまみと見出しがついている。おそらく部品の保管場所だ。店内を細いカウンターが横切っている。カウンターの奥には農業用工具の棚――そして頰にごま塩程の無精ひげを生やした眼つきの悪い丸顔の男がいた。おそらくウィノカーだ。

室内を横切りカウンターの前に立った。ウィノカーは充血した目でこちらを見た。彼は着古して薄汚れたランニングに、洗いすぎて色が抜けてきているカーキ色のパンツを着ている。大きな両手をカウンターについて、おれに唸った。二音節の唸り声だったので、おそらく「いらっしゃい」か「とっとと失せろ」もしくは「何にしますか？」と言ったのだろう。おれは「いらっしゃい」と言われたことにして、親しみを込めた笑みを返した。

「ミスター・ウィノカーか？」

また唸り声が返ってきた。今度は一音節だ。

おれはカウンターに身を乗り出し、真顔になった。「昨日ウィラと話したよ、ミスター・ウィノカー。できたら助けてやりたいと思っている」

彼には無意味のようだ。唸り声すら上がらない。彼はただおれを、実際にはこちらをぼんやりと見ている。

「あんたの娘のウィラだよ、ミスター・ウィノカー」

彼は片手を上げてカウンターを叩くと、ろれつの回らない舌で話した。ひどいしゃがれ声だ。「おれにゃ娘はいねえ」彼は唸った。「もういねえんだ」充血した目をきつく閉じて口元を強張らせる。

「そのウィラとやらと一緒に出てってくれ」

予想とは違った。しばらくじっと立ってウィノカーがにらむに任せた。「娘さんは厄介ごとに巻き込まれているんだ」穏やかに言った。

「いつだって巻き込まれてるさ」彼がつぶやく。「もう娘なんぞいねえ」

ウィノカーはカウンターを回ってそばに来て、喉元まで近寄った。おれより横幅があり胸板も厚く、サルのように長い筋肉質の腕をしている。ビールとニンニクの混じった臭い息を吐いて再び唸った。

「出ていけ」肩を落とし、手を鉤形に曲げた。おおっぴらに警告しているのだ。おれは真摯に受け止めた。

「オーケイ」肩をすくめて彼に背を向けドアに向かう。ドア口で立ち止まりタバコに火を点け、振り返ってウィノカーを再び見た。彼は同じ場所にいて手を鉤の形にして壁を見ていたが、首を回しておれを見た。

「プレンティスんとこの娘といるのを見たぞ」ウィノカーが唸る。「金持ち野郎たちが。似たり寄ったりだ」彼は手を下ろし、つま先を擦るようにしてすばやい動作でこちらに来た。「汚ねえ豚だ。どいつもこいつも。良い娘を堕落させてほっぽり出した。誰が気にするってんだ?」ウィノカーは至近距離に来ていた。拳を作りゆっくりと上げる。

「奴らがやったのか?」おれは目を見開いて尋ねた。彼の拳を注意深く観察する。彼と床を転がりまわるのは楽しいこととはいえない。

「そうだ」ウィノカーが唸る。「奴らは妙な伝道者とその妻を見つけてきた。黒ミサまがいだ」視線をおれの肩越しに窓の外へ向けた。おれは息をしなかった。彼は憎悪の曲を唱えている。ほとんど意味を持たない、低いしわがれ声だ。聞き取れた所もあるが何の意味もなさない。彼はおれの襟の折り返しをつかみ、目を鋭く見つめた。「誰が知るか?」おれを少し揺さぶる。打つ手がないので、されるがままでいた。「え? 誰が知るか? 奴らは若い女を伝道者に差し出しているんだ。あのキンブルのために若い女をつかまえ、高級車や金を与えた挙げ句に見捨てる」ウィノカーはどのように「奴ら」が若い女性を放り出すかを身振りで示した。両手でつかんでから放すしぐさをしたのだ。おれはドアを勢いよく開け、できるだけ早く外に出た。

ウィノカーはついてこない。ドアがベルをにぎやかに鳴らしながら閉まるに任せた。彼は両腕を開いて立ったまま考え込んでいる。彼らが伝道者と手を切った時、どのように「奴ら」が若い女たちを放り出したかを。おれが会った中でもウィノカーは宗教的偏見の塊で過激な思想の持ち主だ。半年の間に誰も殴られていないところを見ると、彼はそれほど危険人物ではないらしい。ミスター・ウィノカーはおれにとっては役立たずだ。ウィラは父親と一緒にいるよりは、〈マリンバ〉の受付係の女といるほうがよっぽどましだ。

おれは歩道に立ち、ハンカチで首と手首を拭った。気温はまだ涼しいが、全身が汗ばんできた。ウィノカーはおれの訪問リストから永遠に外れた。酒屋を通り過ぎ、駐車場に向かった。酒屋の網戸が勢いよく開き、アレック・プレンティスと側溝で鉢合わせした。彼は酒瓶の入った大きな買い物袋をふたつ持ち、両手がふさがっている。こちらを見ずに「失礼」とつぶやいて通りの向こうの彼の車に向かった。おれはついていった。

アレックは痩身で若い雄トラのようだ。車のドアを左の肘で開けて荷物を慎重に置くと、ドアに片手をついて運転席に飛び乗った。彼の車はアリシアの車とよく似ている。同じようなクロム合金でめっきがしてあり、淡いブルーではなくブラックだ。身を乗り出してドアを閉めた時におれを認めた。かぎばなが繊細な貪欲さをかもしだす、彼の日焼けした顔がひきつった。おれはにっこりと笑ってみせた。

「やあ、大佐。あんたと話がしたかったんだ」彼の車のドアに身を乗り出して再び笑いかけると、彼は眉根を寄せた。

「いや、おれは話したくない」アレックはぶっきらぼうに言い、イグニションキーを回す。「離れろ」彼が警告する。

おれはドアに腕を乗せ続け、タバコのけむりを彼に平然と吹きかけた。「数分前にあんたのガールフレンドの父親と話したところだ」親指でウィノカーの店を指した。「奴はあんたが嫌いだ」

話しかけたのが功を奏したのかどうかわからなかった。アレックの顔が凍りつき、おれをにらんだ。眼差しがきつくなり口元をまっすぐ引き結ぶ。彼がアクセルを勢いよく踏んだので、おれは瞬時に飛びのいた。アレックは大胆にカーブしながら車をバックさせると、ギアチェンジして青い排気ガスを吐きだし、ルートに沿ってタイヤの軋み音を立てながら猛スピードで家に向かった。おれは落ち着いて追いかけたが、自分の直感に少し嫌気がさした気がした。

プレンティス家の私車道に入った時、アレックの車が正面玄関の反対側に停まっていた。その隣に駐車し車を降りた。屋敷はまたもや静まりかえっている。影は角度が低くなり、玄関のドアは閉まっている。階段を上がりベルを鳴らした。

大きなドアが少し開き、恐る恐る外を窺う茶色い瞳が見えた。ドアを押し開けると、それはメイドのメイベルだった。するとドアがまたおれに迫ってきた。彼女が全体重をかけてきている。おれは途中までドアが閉まるがままにしてから、靴を差し込んで隙間を作った。

「どうした、メイベル？」おれは鼻を鳴らした。「おれはミセス・プレンティスに会いたいんだ」

ドアの向こうでメイベルがあえいだ。彼女の目が再び現れた。「いいえ。奥様からあなたを家に入れないよう仰せつかっています」語尾が神経質そうな忍び笑いになり、やっとのことで抑える。「あなたにクビだと伝えるよう奥様から言われています。報酬はお送りになるそうです」ドアを閉じようとしたが、おれの靴が邪魔する。ママにおれをクビにしてもらうほどアレックは怒っているに違いない。無意味だ。少なくとも、おれに関しては。おれは助けがほしかった。再びドアにもたれかかる。

「ミス・アリシアはどこだ、メイベル？」

彼女はドア口で肩をすくめた。「存じませんです」彼女が唸る。「外出しておられます」

おれがドアを押すにつれ彼女の足が廊下を擦り、彼女の息が激しくなるのが聞こえた。体重をかけてドアを開ける理由もない。何にせよ無理強いする必要はないのだ。名案を思いついて足を引っこめようとした。すると、重い鍬の持ち手が足に突然落ちてきて、革靴から一インチのところをかすめておれの爪先を狙ってきたので、おれは叫び声を上げて足を引っ込めた。ドアが勢いよく開いた。ブルーデニムのつなぎを着て両手に鍬を持った男が怒った顔でドア口に立ち、鍬の尖った先をおれが顎の下に当ててほしいと思っているか様子を窺っている。おれはゆっくり後ずさり、素人の髭剃りは不要だと知らせた。男は軽蔑したように大きく鼻を鳴らし、ぴしゃりとドアを閉じた。

おれは私車道に立ち尽くし、これからどうしたものかタバコを吸いながら考えた。ミセス・プレンティスは誰よりも厄介ごとを押しつけている。夫人の態度はある種の罪の意識だろうが、罪の意識からぞんざいに扱われるなら、この業界でおれも長くない。何がミセス・プレンティスを煩わせているにせよ、しばらくは話をしてくれないだろう。

温室脇の通路からブルーのタイル張りのテラスに歩いて行き、アリシアがいるのを期待しつつ、先の尖った鍬を持つ庭師がいないか用心した。見たところ彼はいないようだ。温室を回った時、二階の部屋のカーテンが揺れたが窓から顔を出す者はいなかった。通路をさらに進んでミセス・キンブルを発見した峡谷に向かった。

歩道橋の端に腰を下ろし、わずかな水が溜まっている窪みに目をやる。忘れさられた世界にミセス・キンブルが残していった跡だ。小川の川岸はいくつもの足跡でぬかるみ、半分吸ったタバコの吸い殻が落ちている。死ぬのに楽しい場所ではないが、死ぬのに楽しい場所なんていままで見たことがない。橋の上部の丘には高く伸びた雑草の間に狭い通り道がある。ここが教会への近道だとアリシアから聞いたのを思い出す。立ち上がり橋から丘の頂上まで道を辿って行った。

丘は高速道路と平行して草のとげだらけの峰になっており五百ヤードほど続いている。峰に沿って歩き、前方に〈シャイニング・ライト教会〉の全景が遠くに見える場所までやってきた。この距離から見ると土地は荒れている。周囲には耕地がほとんどなく、粘土質の下層土を見ればその理由もわかった。唐綿《トウワタ》と鮮やかな針金雀児《ハリエニシダ》が勢力争いをしているが、滑りやすい粘土質の区域は何も生えていない。教会から五十ヤードほどの所は粘土が減少して砂質のローム層になっている。生え放題の湿地の草がもつれている。教会を囲む円形の地域にだけ種を蒔いたのか、芝が生えている。遠距離からでも花の咲いている一画は目に鮮やかだ。裏手から教会に近づいた。平屋のケープコッド特有の建物でキッチンの翼が後ろに伸びている。キッチンに沿って歩き端の網戸の入り口を見つけた。そのままでこぼことした自然石の道を進むと、もうひとつの網戸に着いた。おれの判断が正しければ、書斎だろう。

通路に沿って歩き、つま先立ちになってキッチンの中を見た。人影はない。書斎に通じる網戸を音を立てて開け、中に向かって叫んだ。応答はない。また叫んでドアの音を立ててから、あきらめた。キッチンの裏を回って教会を通り正面玄関に向かう。湿った強い花の香りが庭いっぱいに立ち昇る。短パンに茶色のトレーナー姿のジェラルド・ドッジが板石の通路に四つん這いになっている。五、六枚の板石の盛り上がりがあり、ドッジの横の地面におおよそ六角形になっている。彼は片手にモルタルの入った木製の器を、もう一方に小型のこてを持っている。おれは足早に通路を進み、革張りの靴の踵の音を響かせ彼に気づかせようとした。

ドッジは道具を持ったまま振り返った。真顔でおれに頷く。「こんにちは、ミスター・ワイルド。調査は進んでいますか？」ドッジはこてをモルタルの器に戻してセメントをすくった。「ちょっと失礼、セットする前にモルタルをつけないと。特殊なモルタルなんでね」

手を止めないでくれ、とおれは言った。近くの大木の陰に座り、ドッジが手慣れた様子でモルタルを地面に広げるのを見ていた。整形された石を置いて隣の石との継ぎ目にセメントを詰め込む。ドッジはさらに二枚石を置いてモルタルで留めると、草地に大の字になって額の汗をぬぐい、磯に打ち上げられたクジラのようにぷっと息を吐いた。

「こういうのが上手ければいいんだけれど」ドッジが言う。「くたくたで」

おれは歩道を眺めた。石はおおざっぱに敷いてあるが継ぎ目は水を弾きそうなほどぴったりしている。素人の仕事にしては上出来だ。「あんたがひとりで全部やってるのか？」

「だいたいそうですね」彼がにっこり笑う。「少し前にミスター・キンブルが始めました。毎日こつこつやっていたんです」彼は再び真顔になり、指を芝に埋めた。「何かわたしに仕事をください」

「ああ、そう思うのも無理はない」おれはぼんやりと言った。「教会はまだ機能しているのか？」

「ええ、まあ」ドッジがゆっくりと答える。「だが礼拝はまだ行っていません。日曜の夜にミセス・キンブルの葬儀を執り行うのが一番ふさわしいと思っていますが、今晩の祈りの集会は延期しました。もっとも誰も気にしていないようですが」彼の声は疲れて煮え切らない感じで、信者を把握できかねているかのようだ。

「大変だな。物事が元通りになるまでしばらく時間がかかりそうだ」

ドッジは首を横に振った。「いや、残念ながらミスター・キンブルが戻ってこなければ元通りなんてありえません」彼は草に入れていた手を動かして白い穂先のついた長い緑の茎を取ると、考え込んだ様子でそれを口にくわえた。「調査はどのくらい進みました?」

おれは肩をすくめた。「さあね。残念だが中断している。ミセス・プレンティスが会ってくれない」

間近で見た彼の口元に笑みらしきものが浮かんだようだった。彼は厳かに頷いた。「夫人にとっては大きな試練でしょうから。もう立ち直れないかもしれません」

おれは鼻を鳴らした。おれたちはそこにしばらく無言で座り、丘の上の空に羽根のような雲がたなびくのを眺めていた。強い夏の日差しが照りつけるが足元の湿った地面はひんやりしている。おれはタバコを点けて後ろの木にもたれた。ドッジはあおむけから上体を起こし、太い腕を目の上に上げてひさしにした。

「キンブルがゆすられていたのを知っていたか?」おれは急に尋ねた。

「なんですって?」ドッジは腕を下ろし、しっかりと起き直った。「ゆすりだって? 何を言ってるんです?」

「じゃあ、ウィノカーの娘の件は知らないんだな?」

「ああ、あれですか?」ドッジがおずおずと言った。

「知ってたのか?」おれは噛みついた。

「知ってはいました」彼はゆっくり言った。「ゆすりとは言いませんが。それに実際、ゆすりじゃないのを知っていますから」緊張した表情でこちらを鋭く見る。「念のため言いますが、ミスター・ワイルド。ウィノカーの件が明るみに出るのは避けたいんです」

「もう出てるさ」淡々と言った。「話を聞かせてくれ」

「なるほど」彼が頷く。「そう言われると思いました。あの娘は詫びたんです。ミセス・プレンティスには宣誓供述書を渡しました。知っていますか？」おれが頷くと彼は続けた。「ウィノカーはわたしに会いに来ました。知っていたのはミスター・キンブルだけだと思います。彼女はキンブルに会いたがって、約束を取り付けてくれと頼みました……今後の話のために。ミスター・キンブルの名が出たのは出まかせだったと彼女は言いました。妊娠を知った父親がプレンティス家を呼びつけて娘に問い正したので、娘は怖くて何も考えられなくなってしまったんです。彼女の頭に最初に思い浮かんだのがミスター・キンブルで、つい言ってしまったそうです。すると父親が皆に言いふらして、ミセス・プレンティスが火消しをするはめになった。噂を消すために何をしたかは知らないが、何にせよ効果がありました。

それからウィラはわたしの所に来て、ミスター・キンブルに会いたいと頼んだので、お膳立てをしてやりました。彼女は森で彼と長いこと話しました。彼は彼女を許したそうです。わたしはその場にいませんでしたが、ミスター・キンブルから後ですべて聞きました」ドッジは草の中で手を動かした。顔を紅潮させて困惑している。「彼女がゆすりをしたとは到底思えません、ミスター・ワイルド。そんなはずはない」

おれは頷いた。ドッジの考えにも一理ある。だが彼がウィラをかばうには他の理由があるのだろう。

「あんたはどれくらいあの娘を知ってるんだ、ドッジ？」

彼はまた赤面した。耳まで明るいレンガ色に染め、首を横に勢いよく振った。「だめです」きっぱりと言う。「ノーコメントです」

「オーケイ。だが相手の名を彼女から聞いたろう？」

ドッジは何も言わない。言う必要はないのだ。彼の顔を見ればわかる。

「相手は誰だ？」おれは唸った。

ドッジは首を横に振る。

身を乗り出し、彼の腕を指で突いた。「教えてくれよ、ドッジ。知る必要がある。それも今すぐに。言わないと、じきに警察に言う羽目になる。どっちかを選べ」いつもの調子で乱暴に言ったことが十分に理解されるのがわかった。おれは指で突きながら再び唸った。「相手は誰だ？」

ドッジは口を二回開き、乾いた音を立てた。そしてひび割れた音を立てて咳払いした。「わたしの口からは……極秘だし……」

「オーケイ」立ち上がり、彼に片手を差し出す。「出かけるぞ、ドッジ」

彼は目の奥で思考を巡らせながら一瞬こちらを見ると、視線を落とし、パンツの尻で汚れた両手を拭いた。地面に立つ裸足が緊張している。「アレック・プレンティスです」ドッジはつぶやいた。

おれは呻いて再び座った。ありきたりだ。ありきたりすぎるくらいだがミセス・プレンティスがおれに会いたがらない理由がわかる。もう少し調べたら、さらに事情が明らかになるだろう。

「わかった、ドッジ、ありがとう。しばらく公表を控える。あんたもわかってるだろうな？」

ドッジはこちらを見ずに頷いた。「夫人から聞きました」地面を向いて言う。

「夫人はウィラを買収しようとしたのか？」

「さあどうでしょう」彼は少し引きつった声で言った。「それについては何も知りません」

「アレックは金を持っていなかったのか？　まとまった金は？」

ドッジは首を横に振った。「小遣い程度だと思います」彼は頭を上げておれを見た。「あなたに言うんじゃなかった、ミスター・ワイルド。ミセス・プレンティスには言わないでください、いいですね？」

おれは彼の真っ赤な顔を見て肩をすくめた。「何の約束もできないよ、ドッジ。その必要がある時以外は。忘れてくれ。あんたには関係ない。ここで聞かなくても、話してくれる誰かを見つけていたさ」

ドッジの表情が明るくなり、強ばった顔を和らげると安心した様子で頷いた。「ああ、それもそうですね」彼はぼんやりと言う。「あなたならそうでしょう」刑の執行を停止してもらったかのようにこちらを見つめる。

おれは木に背を預け、目を閉じた。この事件の何もかもが嫌になり始めた。人物も然り、もっともジャクソンとアリシア、そして多分キンブルは除くが。薄目を開けて小さな教会を見た。こざっぱりとした外観同様、こざっぱりとした安らぎを提供するのだろう。だがおれには無意味だ。

おれは教会で洗礼を受け、日曜学校で長く色鮮やかな記録を作った。十六歳の時など、年上の男性たちから教会員にさせられそうになった。二会期は続いたがおれは辞めた。それ以来、ハリウッドボウルのイースターの早暁の礼拝や、深夜のミサやユダヤ教会堂《シナゴーグ》にも自主的に何度か行った。独特の低音の先唱者《カントル》はオルガンの横にいると、とても素晴らしい。どの宗教にも異議を申し立てるつもりはない。軍隊付き伝道者や、南マニラの巨大な仏教寺院や、脂じみた硬い大木に頭を打ちつけて身ごもった妻のために祈る、ニューギニアの小柄で薄汚れた黒人たちにも異議は唱えない。すべてオーケイだ。心のよりどころを必要とする人のためのもので、すべてのものにとって素晴らしい拠り所だ。世の中が堕落する時の避難場所となる。おれはだいたいにおいて世の中が気に入っているが、そうじゃない人もたくさんいる。だが〈シャイニング・ライト教会〉でのことはおれを戸惑わせる。人々が集まって時間と金をつぎ込むなど、理解を超えているし理解したくもない。そこかしこで希望を抱くために祈りの場所が求められているのはわかるが、〈シャイニング・ライト〉は投資に対して十分な収益がないようだ。

おれはドッジを見た。彼は青白い身体を日に晒し、目をきつく閉じている。精神的指導者らしくは見えないが、おれにとやかく言う資格はない。

「ウィノカーのおやじさんはあんたたちの教会を嫌っている」

ドッジは芝の上で眠たげに寝返りを打ち片目を開けた。「そりゃそうですよ」

おれはタバコをもみ消し、草の下に埋めた。「あんたたちは悪魔の集まりだとウィノカーは思っている。彼によるとキンブルはウィラを笑いものにするために引き入れたらしい。プレンティス家も含めてあんたたちを毛嫌いしている」

ドッジは動揺しなかった。「ウィノカーは少しどうかしているんです、ミスター・ワイルド」明るく笑う。「自分でも何を言ってるかわからないんじゃないかな。ミスター・キンブルとは親交があったはずです」

「そういう時もあったということさ。始めはそんなものだ」立ち上がり、小枝やつまんだ茎を払い落とした。

もしウィノカーを見かけたら敢えて避けるよう努める、とドッジは言った。おれが別れの挨拶をすると、彼は横たわったまま、腕をポンプの取ってのように差し出してきた。おれは無視しようとしたが友情の印として優しく握手した。彼の手を宙に浮かせたままにして、ドッジがまたひとしきり働いて寝転がるまで、そこにあるだろう板石の山をまたいだ。

戻る時間が惜しかったので丘伝いに歩き、谷を下ってプレンティス家に戻った。大きな家の周りをゆっくりと歩き、誰か出てこないかを見ていた。誰もいない。家の正面についた時、私車道にたくましい庭師が立っているのが見えた。まだ鍬を準備万端の様子で握っている。作り笑いを交わし、おれはタバコに火を点けて一服するため歩道のベンチに座った。庭師はゆっくり近づいてきて再び立ち止まった。おれがジャケットのポケットに手を入れて紙を取り出そうとすると、庭師は緊張して逃げる準備をした。おそらく彼は面倒な話を聞いたのだろう。おれは万年筆のキャップを外して紙にメモを書いた。四つ折りにして外側に「ミセス・プレンティス」と書き、庭師に合図した。

彼はそばに来たが、おれが飛び掛かったら刃のように鋭い鍬を使えるよう十分距離を保っていた。おれはにっこりと笑い、彼の開いた足の間に折ったメモを放った。彼はこちらを見たままでメモには目もくれない。

「夫人がおれに会いたがらないのは知っている。だがそのメモは見たいはずだ。夫人はまだ知らないが、そのメモで事態が変わる。それを彼女に渡してくれないか、これからもここで庭師として庭木の手入れを続けたいなら」

庭師は口元に作り笑いを浮かべ、メモに視線を移すと再びこちらを見た。世慣れた都会人はこんな陳腐な方法で彼を騙したりしない。おれは再びメモを指差した。

「これは冗談じゃないんだ。メモを渡して何が起こるか見てみろ。テラスで待っている」

それでも返事がない。おれはベンチから立ち上がり、車を迂回して玄関に向かい、レンガ敷きの道を進んだ。そして温室の角に着いた頃振り返った。庭師はぴくりともしていない。温室の向こう側を黒い板越しに見た。庭師はメモを手に取ると苦痛にゆがんだ表情を浮かべたが、熟考している顔つきに違いない。ゆっくりと玄関に向かい、視界から消えた。

おれは日光浴用のベンチで手足を伸ばし、前屈みになって斑の金魚を見た。金魚は決して速度を緩めず疲れを見せない。おれのようだと思った。常に突っ走り疲れ知らずで、脂の汚れでくたくたになるまで、終わることなく自分の尻尾を追いかける。ベンチにもたれてミセス・プレンティスの判断を待った。

17

午後の日差しがテラスに届き始めている。吸い殻を芝に捨て、立って日陰に入るかどうか考えを巡らせた。決めかねているとメイドのメイベルが背後に来て猫のような声を出した。彼女が芝に倒れないよう、おれはできるだけゆっくりと立ち上がり、伸びをした。

「夫人が会ってくれるって？」静かに尋ねた。

メイベルが頷く。何か言おうとして口を開けたままだ。後ろでカンバ材の半ドアを押さえたまま立っている。近寄ると彼女の目があちこちさまよった。おれのためにドアを開けてはいるが、至近距離になるのをひどく恐れている。身振りで先を歩くよう示した。彼女は廊下を勢いよく歩き、ミセス・プレンティスのオフィスのドアを開けて中に入った。おれはゆっくりと後に続き、メイドが我に返る時間を与えた。

ミセス・プレンティスはいつもの様子でデスクの椅子に座っている。前よりいくらか背筋が伸び、顎が高くなっている。夫人はメイドに出て行くように手振りで示すと、ドアが再び閉じるまで待っていた。農民風の室内着を着ている。襟ぐりが深く丈は長く、強いターコイズや深紅、そして黄色や黄土色のメキシカンカラーの縞模様で、歳より老けてみえた。夫人はこちらを見ようとせず、おれの三インチ上に視線を向けている。おれはデスクの横の布張りの椅子に腰を下ろし、帽子を床に置いた。

夫人はメモを不快そうに指でつまんで冷たく言った。「これはどういう意味なの、ミスター・ワイルド?」

「回りくどくはないはずだ、ミセス・プレンティス。書いてある通りだよ」

夫人は嫌な臭いでもするかのようにメモを持つ手を伸ばした。腹立たしげにメモを読み上げる。おれの文法を非難しているようだ。「アレックは十五年の刑期に相当する。この件で話すべきじゃないか?」夫人はメモをデスクに落とし、繊細に指を弾いた。「さあ、話しましょう、ミスター・ワイルド」冷ややかに言う。

「もちろん、あんたは何も知らないんだろう?」もう一本タバコに火を点け、夫人が下唇を噛むのを見た。

「息子は大人よ」夫人が言い放つ。「そそっかしい所があるかもしれないけれど。受け入れられるものですか、こんな……中傷は」

「それは言いすぎだ。おれをきちんと把握しているならの話だが。メモを渡してもらったのは、あんたをまだ依頼主だと思っているからだ。これはあんたの情報だ。依頼主でないのなら、話は違ってくる」

夫人はおれの言葉を考えている。彼女自身に言い聞かせるようにゆっくりと頷きながら縞大理石のケースからタバコを取り、ゆっくりと火を点けた。煙を深く肺まで吸い込むとケースに向かってゆっくりと吐き、煙がケースの中に満ちて溢れた煙がテーブルの端に沿って流れるのを見ている。そして急にこちらを見てにっこりと笑った。「急にクビにしようとするなんて、どうかしていたわ、ミスター・ワイルド。考え直す機会をくださって嬉しいわ。事件が解決するまで引き続き働いてくれないかしら」

「もちろんだ」夫人が手の平を返した理由がわかる気がする。話を知られてしまえば、もう隠す必要がないのだ。

ミセス・プレンティスは再びタバコの煙を深く吸い込むと、すばやくタバコの火をもみ消し、デスクに身を乗り出して言った。「隠しておきたかったことを見つけ出したようね、ミスター・ワイルド。でも、わからないわ。このメモはどういう意味か教えてくれない？」その声は真面目で本気だ。

「だめだ。嫌だよ、そんな茶番はしない。あんたの息子をここに連れてきてくれれば話すさ、その前に息子にいくつか質問に答えてもらう」

夫人の顔が強ばる。この流れがお気に召さないらしい。彼女はニューヨークの調査に対処してから、個人的にアレックを叱りたかったのだ。おれたちは互いに視線を逸らさず、目線も下げずに沈黙が深まるに任せた。しまいには夫人が静かに横を向き、椅子の後ろのベルコード（ベルを鳴らすための引き紐）を引いた。メイドが顔を見せると夫人は言った。「息子にここへ来るよう伝えて」おれの後ろで再びドアが閉まる。

メイドがアレックを見つけるまで少し時間がかかった。おれたちは静かな部屋の中で座り、日光に舞う埃を見ながら暗い考えを巡らせた。アレックがドアを押し開け、音を立てて閉めた。おれは振り返らなかった。彼はきびきびとした足取りでおれの横を通り過ぎ、母親の横に立った。彼は冷淡な石のように硬い表情で、口を開かない。

おれが口火を切った。「大佐、もうふざけている場合じゃない。あの娘についてなにもかも話してくれ」

アレックは母親を見た。母の率直な眼差しに、彼は視線を落とした。デスクのケースからタバコを取り、すばやく火を点けて窓辺に歩いて行くと、振り返って窓の下枠に背中を預けた。煙の筋がおれの顔の方に流れると、彼はぎこちない笑みを浮かべた。「あんたどうかしてるよ」アレックが考え込んだ様子で言い、頭の向きを変えた。「母さん、そう思わないか……」

「ミセス・プレンティスはあんたのためにことを揉み消そうとしているんだぞ。だが彼女が知らないとは思うな」軽蔑をあらわし冷ややかな声で言う。「彼女を見てみろ、大佐」

アレックは母親を見た。こういうのは気に入らないらしい。彼は何カ月でもおれを無視してあざ笑っていられるだろうが、ミセス・プレンティスが罰する。夫人の嵐の空のような暗い目で、彼は窓に釘づけにされて自信が揺らぎ始めた。

「母さん」アレックは話し始めた。声が喉元で引っかかる。

おれは彼を見て笑った。「勇気を出せ、大佐。話してくれ」

おれたちは身動きをせず座ったままで、呼吸すらしてないくらいだ。アレックの頭の中で思考回路が回転しているのを感じられるほどだ。おれと夫人はアレックが決心するのを待った。彼は自分の開いた足の間に視線を落としている。おれからは彼の頭頂部と鼻の先しか見えない。彼の顎の筋肉に急に力がこもり、縄の結び目のように突き出た。おれの顔につばを吐きかけようとしているのだ。おれはもう一度試した。「いいか、大佐」静かに言う。「おれがこうして座っているのは、あんたの母親が依頼人でおれが雇われているからだ。あんたには何の借りもない。おれが関わっている限り、あんたは好きな時に刑期を務められる。十五年の刑期を」するとアレックの頭が上がった。

「それで打ちのめされてるんだろう、大佐。話した方がいいぞ。助けてやれるかもしれない」

ミセス・プレンティスは微動だにせず、その視線をまっすぐ息子に向けている。アレック次第だ。夫人はどの方面からも息子を促そうとしない。

「わかったよ」アレックが唐突に言った。その声はしゃがれている。「何が知りたいんだ？」

「あの娘について話してくれ、ウィラ・ウィノカーについてだ、大佐。付き合い始めたきっかけは？」

彼は床に視線を落とした。大きな手でタバコを包むようにしながら煙を深く吸い込む。ようやく話し始めた。「出会ったのは、彼女が教会にいる父親に会いにきた時だ」強ばった声で話し出す。「父親に昼食を持ってきたんだ。彼女に馬が見たいと言われて、納屋に連れていって見せてやった。それから次第に……おれたちは……」アレックはそこで口ごもった。

「オーケイ、大佐。ざっくりでいい。どのくらい彼女と会ったんだ？」

「六回程度だ、七回かもしれない」弱々しく答えた。頭は下を向いたままだ。夫人は目を見開いて彼を見ている。「だいたい、去年の九月の間だ」

「それからどうなった？」先を促した。

アレックは肩をすくめたが、かすかな動きだった。「しばらくして彼女は来なくなった。そうして急にキンブルの噂が広まった」

「ああ」おれは重苦しく言い、夫人を見た。彼女は身動きしない。「全部知ってたんだな、ミセス・プレンティス？　あんたが調査を止めようとした理由はこれだな？」

夫人はこくりと頷き、急に咳払いした。「ちょうど今朝、何者かから電話があったわ。寝耳に水だった」囁くような声だったが、全身で叫びたいほどの恐怖に駆られているのが伝わった。「疑いもしなかったもの」

「電話の声主は誰だ？」おれは嚙みついた。

夫人が首を横に振る。「わからないわ」夫人が呻く。「名乗らなかったし、声では誰だかわからなかった」

おれはそのままにした。他の件と同じく、その電話の主も想像がつく。アレックはすばやく母親に目を向けると靴先に視線を戻した。おれは彼が苦しむに任せて、今度は夫人に話しかけた。「アレックがあんたのイヤリングを盗んだのも知ってたか？」

それを聞いて夫人は衝撃を受けた。背筋を強ばらせて椅子に座り直し、引きつった顔を紅潮させる。「まさか！」夫人があえぐ。「違うわ！　信じるものですか！」

アレックの視線は靴の鋲に落ちたままだ。タバコを吸おうともしない。

「さあ、大佐。自分の口から話すんだ」

さらに沈黙が続いた。おれの顔に血の気が上り、息をするのすら辛くなった。立ち上がってアレックに平手打ちしたいくらいだったが、椅子の肘をつかんで待った。依頼人はこの部屋で息子がおれに殴られるのを嫌がるだろう。

「あと二秒やるぞ、大佐」おれは唸った。「その後は警察署に行く」

「だめよ！」ミセス・プレンティスが言う。「アレック、わたしを見なさい。見るのよ！」彼は渋々頭を上げた。まるで針金で引っ張られたかのようなぎごちない動きだ。息子への眼差しで夫人の懸念がわかる。「ここで話すのよ。馬鹿な真似はしないで、ね、アレック」その声は滑らかで優しい。しゃんとしていた夫人はうなだれ、がっしりとした肩はひどく下がった。アレックの顎の筋肉のこぶが緩んでいるのにおれは気づいた。彼は頷いて再びこうべを垂れた。事前に十分な時間がなかったかのように床に向かってぶつぶつ唱えている。

「盗んだわけじゃないんだ、母さん」アレックの声は強ばっている。「違うんだよ。パーティー会場に落ちていたんだ、大晦日のパーティーだ。ポケットに入れてそのまま忘れてしまった。朝になってポケットに入っているのに気づいた。そしてウィラが金の無心に来た。家まで来て母さんに会うとまで言った。彼女はゆするつもりだったんだ」深く息をする。「おれはイヤリングを売り、彼女に金を渡した。大部分を渡したよ。残った金で逃げ出した。ほら、母さん、その後おれはハワイにセーリングに行っただろう。そしてウィラは母さんに宣誓供述書を渡し、詫びを言ってすべて丸く収まった」長い告白でアレックには辛かったようだ。

おれは夫人に目をやった。彼女の目は辛そうだったが冷静さを失っていない。彼女は片手をアレックに差し出した。話がおれ抜きで進みそうだったので、割って入った。

「上出来だ、大佐」意地悪く言った。「素晴らしいよ。いまはどんな立場かわかっているかい?」

アレックは首を横に振って言った。「いいや」

おれは彼に辛辣に当たった。ミセス・プレンティスに話しかけつつ、話の端々がアレックにもわかるようにした。「重窃盗。保険会社への詐欺共謀。破廉恥罪は免れるだろう。だが十五年の刑期がふさわしいと思う」親子が理解するのを待った。ふたりとも息を飲んでいる。彼らが心配するに任せた。むしろ心配させてやりたかった。「解決策はある」最後に言った。

親子がぐるりと首を回してこちらを見る。ミセス・プレンティスは目を輝かせ、口を開いている。夫人はおれをひどく称賛しているようだ。アレックですらおれを好きになる術を学んだように見える。

「下手《したて》に出るつもりはないよ、大佐」おれは警告した。「警察とゲームをするわけにはいかない。警察がおれを見逃してくれるのは同業者だからだ。それでも一回限りだ。足を踏み入れすぎたら、見殺しにされるだろう」その方が簡単だと親子に思われたくなかった。「第一に、ある情報がほしいんだ。イヤリングについて聞かせてくれ、大佐。どのように処分したんだ?」

「売ったよ」アレックが熱っぽく言った。「ダウンタウンのバーに行って、派手な奴にどこで売れるか尋ねた。奴は別の男を呼んだ。二日後に売買が成立して、二千五百ドルを手にした」

「大金を手にしたわけだ。どんな奴らが関わっていたか知っていたか?」

アレックは首を横に振った。

「そいつらの特徴を挙げてくれ。全員のだ。慌てなくていい」

彼は時間をかけ、特徴を挙げた。最初の男はおれには見当がつかなかったが、知っている奴ならそのうちわかるだろう。アレックは人に対して観察眼が鋭い。イヤリングを買った男が誰か知りたかったが、アレックが実際には覚えていないのに脚色するのを恐れ、敢えてひとりの人物について重ねて尋ねないようにした。買い手はシャーボンディだ、よし。おれは納得がいったので少し首を突っ込んだ。

「買い手に会ったらわかるか?　確かなんだな?」

確かだ、とアレックは言った。

「ならあんたは運がいい」軽く言った。「おそらくム所は免れる。だが地区検察官には洗いざらい話す必要がある」

ミセス・プレンティスはそれを望んでいなかった。「でも、ミスター・ワイルド……」

「それが筋というものだ、隠し通せるものではない」乱暴に言った。

「でも、どうしていけないんだ、ワイルド?」アレックは大きな両手を握り、こちらをにらんでいる。

「あんたならできるんだろう?」

「ああ。黙っていることができる。でも警察があんたを逮捕するまでどれくらいかかると思う? おれが一足先にわかったのは宣誓供述書を見たからだ。おれは二日先に始めている。警察は遅くとも金曜日にはあんたをしょっぴく。奴らだってばかじゃない。捕まえるのが仕事だからな」

おれは右手を上げて指を開き、人差し指を左手でつまんで下げた。アレックは至近距離で、おれがインド人の綱登りの手品をしているかのように見ている。「ひとつ。警察はキンブルを探している。彼らは教会の信者とマリオンにいる全員と話している。そのうちウィノカーが浮上し、奴は洗いざらい話すはずだ。奴はごろつきだが一日でもム所に入れば、陰で何をしているか口を割るだろう」

「ふたつ」中指を折った。「警察はウィラも捜査するだろう。〈マリンバ〉にいる彼女を見つけ、彼女の話からあんたを浮上させる。もし彼女が話さなかったら」おれは薬指を折り、「奴らはドッジから話を聞くはずだ。彼は話すのを嫌がるだろう。悪夢のようなものだ。だが最後には話すはずだ。おれに全部話をしてくれたし、おれに先を越されて警察もやる気になっているから。尋問にドッジがどれくらい我慢できると思う? さあ、そうすればターゲットが絞られるのに十分だ、大佐。それからあんたの知らないことを警察はつかんでいる」

おれはこぶしを作って揺らした。「これだけであんたは潰れる。地区警察官はイヤリングを押収しているからあんたはしょっぴかれる。捜査に時間はかからない。イヤリングが無くなってから一週間後にウィラは口封じされた。警察は見逃さないぞ、大佐。すぐにあんたの所に来る。だからこそおれは黙っていられない。他の理由はあんたには無意味かもしれないが、おれには重要だ。あんたは非常に深刻な罪を犯した。ガキじゃないんだから裁きを受けるべきだ」

喉が渇いたおれはタバコに火を点けた。プレンティス親子は熟考している。夫人がおもむろに顔を上げて尋ねた。「わたしたちはどうなるの、ミスター・ワイルド？」早くも芝居がかっている。

「大佐のことか？」

アレックも、話してくれと言った。彼も話に入っている。

「あんたは運がいい、とおれは言った。実に運がいい。関わっている事件でひどく苦しんでいる地区検察官の同情を得られる。検察官はあんたがイヤリングを売った男を担当している。その男を故買商と踏んでいるが、ウラがなかなか取れなかった。検察官は三流のこそ泥と取引して男のウラを取ろうとしているが、あんたが彼の元に行きさえすれば、そのこそ泥の代わりにあんたを使うだろう。検察官はことの顛末を聞く必要があるが、あんたを悪いようにはしないと確信している」

「確信！」夫人があえぐ。「なんてばかばかしい！　なぜアレックが自分の首を絞めるような真似をしなければならないの？」

おれはタバコを夫人に振ってみせ説明しようとした。「勘違いだよ、ミセス・プレンティス。アレックは自ら窮地に陥るわけじゃない。警察にしょっぴかれる前に自首するんだ。いいか、警察に逮捕されたら、アレックに釈明の余地はない。おれが話しているのは国家権力だ。マリオンで起きた事件など奴らにはどうでもいい。警察は令状を持ってアレックをとらえ、拘束して頭を殴るぞ。それに奴らは保険会社にも口を利く。いいか、アレックがそれから逃れるには、これが唯一の機会だ。地区検察官はその男、シャーボンディを心の底から捕まえたがっている。検察官はイヤリングがどんな意味を持つかまだ知らないし、アレックが正直に言ったら、検察官はシャーボンディを逮捕次第アレックの話をなかったことにしてくれるかもしれない。少なくとも試す価値はある。あんたにとって唯一のチャンスだ。保険会社はおそらくあんたに損害賠償をさせる。会社はたいていの場合起訴をしたがるが、もし地区検察官が協力しなければ、会社も手続きを進められない」

「でも、検察官が損害賠償を求めたら？」ミセス・プレンティスが主張した。「そうしたらどうなるの？」

「その時はその時だ。検察官は大佐を思いのままにする」アレックを見る。「逃げても無駄だ。どうなるかは検察官と、おそらく裁判所次第だ。検察官が裁判にかけると叫んだところで、執行猶予でおさまるだろう、ってことだ。最悪でも保護観察。最終的に裁判官に委ねられるが、ただ待っているしかない。あんたは運がいい、とおれは思う。シャーボンディの裁判で幸運をつかみ、優秀な弁護士を雇える。結局、他の郡だ。地区検察官はマリオン郡から働く許可を得ているが、アレックが請求すれば裁判地の変更も可能だ。もし話が進んだら、それはあんたの弁護士次第だ。必要とあらば、大佐の従軍履歴や素性、家族構成も伝えれば話が早い。だがマーゴリーズ検察官は何もしないだろう。大佐様がシャーボンディ逮捕に協力してくれれば感謝するはずだ」

アレックがゆっくりと頷いた。「ああ」熟考した様子でいう。「話はわかった。やってみる」

「よし。スーツを来て小ぶりのカバンに荷造りをしろ。しばらくダウンタウンにいることになるだろうから」

「一緒に来てくれるのか、ワイルド？」おれはタバコの煙を吸い込み、少し喉に詰まらせた。

「ついてきてほしけりゃ行くが、やめといたほうがいい。あんただけのほうが話が早い。一緒だと、おれの差し金だと思うに決まってる。おれの評判は上がるだろうが、あんたに何もいいことはない」

アレックは再び頷いた。「よくわかったよ。ひとりで行く」立ち上がり母親に近づいた。母の顔を引き寄せて抱きしめると、手を母の頭に回してしばらくそのままにしていた。「すぐに戻るよ、母さん」きびきびとした足どりでドアから出ていった。

ミセス・プレンティスがこちらを見た。その目には痛恨の涙がこみ上げている。「この方法しかないの、ミスター・ワイルド？　ほかには……？」

「ないよ、ミセス・プレンティス」優しく言った。「これが唯一の方法だ。アレックが再び家に戻る頃には片がついている。そのほうがいいだろう。アレックが死ぬまでこの件が頭から離れないなんて、あんたも嫌だろう」

「そうね」夫人が静かに言う。「それは望まないわ」両手に握り拳を作り、額を乗せた。泣いているが、それは自尊心の高い人だけが味わう、落胆と羞恥心からくる苦い涙だ。そして誇り高い人だけが耐えられる。おれはできるだけ静かに身動きせずに座り、夫人が手を緩めるのを待った。それには数分を要した。夫人は椅子から立ち上がり、よろよろと窓辺に向かうと服のポケットから出したハンカチで顔を拭った。しばらくして振り返るといつもの夫人に戻っていた。

「息子を誇りに思っているのよ、ミスター・ワイルド」夫人はさりげなく言った。頭を再び上げる。瞳の涙は乾き、しっかりとした表情だ。

「あんたは息子を誇りに思っていいんだ、ミセス・プレンティス。奴はばかだった。気の迷いで罪を犯した。だからといってすべてがだめになるわけじゃない。奴は立派な男だし」それは本心ではなかった。おれはウィラ・ウィノカーを――今はウィラ・ウィンターだが――思い出した。アレックに裏切られた彼女がマックス・ワイントラウブのデスクで泣きわめき、夫人のように苦い涙に泣き崩れていたのを。だが嘘も方便だ。別に気は咎めない。夫人に良かれと思えば嘘など序の口だ。それは功を奏した。少なくともそう思えた。

夫人は目を輝かせて頷いた。「アレックは戦争では素晴らしかったのよ、ミスター・ワイルド。ご存知かしら？」

おれは、知っていると告げた。

「帰還してからはひどく辛い日々を送っている」夫人が真顔で言う。「戦地で活躍した人ほど、辛いんだと思うわ。息子がヨットでハワイに行って半年近く戻らなかった理由がわたしにはわからなかった。そんな長期間出たままなんて、ひどくばかげていると思ったけれど今はわかるわ。アレックのような帰還兵には、すべてが違っていてとても大変なのね」

おれは再び頷いた。「アピールする必要はないよ、ミセス・プレンティス。おれはあんたの仲間だ」

「そうね、あなたを心から信頼しているの。ありがとう、安心したわ」夫人はそれが習慣であるかのように、有無を言わせぬ滑らかさで片手を差し出した。おれはいら立たなかった。すばやく立ち上がって彼女の手を取り、握手できるのをかすかに誇りに思った。おれたちがしばらく握手をしていると、アレックが音を立ててドアを開けこちらに笑いかけた。

アレックはダークブルーのスーツに白いシャツ、ダークタイという控えめな出で立ちだ。片手に豚革の小さなアタッシェケースを、もう一方にグレーの帽子を持っている。アレックはそれらをおれの座っていた椅子に置くと、母親のそばに来て腕を回した。

「自分を責めるなよ、ワイルド」アレックは笑った。「おれも自分にそう言い聞かせている」彼は大きな手で母親の肩をそっと押し、彼女に笑いかけた。「魅力的な母だ」

おれはどうやってここから退散するか、もしくは親子の邪魔をしないでここにいるか、考えつかなかった。夫人は息子の頭を引き寄せ、すばやくキスをした。夫人がなにやら個人的な祝福の言葉をつぶやくと、アレックは再び背筋を伸ばした。準備が整ったようだ。最初に挨拶した時の頑なさがなくなっている。従軍時に努力した男なのだ。きっと罰を受け入れる。嬉々としてではないが言い訳もしない。おれはアレックが気に入り始めていた。彼はおれが初めて出会った、殴られても泣き言を言わない働き者なのだろう。アレックは母親を軽く抱きしめると椅子に座らせた。アタッシェケースを持ち、無言でドアから出ていった。

しばらくぼうっと立ち尽くしていると、再びドアが開いた。アレックが顔をのぞかせる。「なあ、ワイルド」彼が笑う。「どこに行けば地区検察官に会えるんだい?」

グリーン・アンド・メイバンクにある郡の裁判所に行くよう伝えた。地区検察官のオフィスがそこにある。アレックは片手をおれに上げて、母親にウインクして去っていった。

椅子に腰を下ろした。ミセス・プレンティスはこちらを誇らしげに見ている。しっかりとした視線で、寛いだ姿勢だ。夫人はこくりと頷くと口を開いた。「ところで、ミスター・ワイルド、話が途中だったわね。ミスター・キンブルはどうしたの?」

おれはにっこりと笑った。「もう少しで彼を忘れるところだったよ。さあ、どこまで話したかな?彼がニューヨークに行かなかった所までは話した。そして彼が町に戻っていないのも知っている。まだ生きているかもしれないが、夫人が死んでいるから、キンブルが生きているかどうかは疑わしい。新たな情報は得ていない。これからグロドニック警部補に会いにいくつもりだ。アレックの件で時間を取られていたんでね。グロドニックに情報を漏らせば何か話してくれるかもしれない。構わないか？」

「ええ」きっぱりと言った。「もちろん、アレックの件は……」

「じき明るみに出るよ、ミセス・プレンティス。グロドニックは午前中には知るだろう。だが内緒にしてくれと言うのなら伏せておく」

「あなたに任せるわ。噂が広まらないよう最善を尽くしてくれると信じています」

「それは安心してくれ」立ち上がり帽子を取った。「何かわかったらすぐ連絡する」デスクの反対側に立ち、握手をした。夫人がしっかりとおれの手を握り引き寄せたので、おれはデスクに身を乗り出す形になった。

「あなたが好きよ、カーニー・ワイルド」夫人がおれの眉に軽くキスをし、すばやく頷いた。「乱暴だし行儀がなっていない。でもとても好人物ね。気に入ったわ」夫人がそういう間おれはずっと身を乗り出し、片手をデスクの端に置いて支えて一本の足で床に立っていた。そしておれはそれが気に入った。とてもいいものだった。今日のその一回だけは、そうしているのが申し分ない気分だった。だがおれは笑って体勢を戻した。

「あんたもきれいでタフな奴だよ、ミセス・プレンティス」上品ぶって言った。

おれたちは互いに微笑んだ。夫人も同じ気持ちなら、おれたちは友達だ。強靱な心を持ち、かつ存在感と雰囲気を持ち合わせる人はめったにいない。少なくとも仕事ではめったにお目にかかれない。ミセス・プレンティスは同じ部類の人間だ。おれは礼儀を思い出し、夫人に帽子を振ってから部屋を出た。

町へ車で戻る間も心持ちは軽かった。生きているということは大きな意味があるように思う。完璧な人間に会うたびに、そう思わされる。長い間、人は周囲にいたが、恐れと活力を備えた完璧な人物は決していなかった。いい心持ちがずっと続いている。気がついたらいつもの駐車場を通り過ぎていた。市役所の入り口に入って警察庁舎に向かい、ぽんこつ車を警察長官のキャデラックの隣に停めて、車から降りた。

18

グロドニックの部屋のドアをノックして、返事を待たずに中に入った。彼はデスクに身を乗り出し、大きな手で三×五インチの綴じ込み用カードの山を扱っている。おれが入ると目を上げてすばやく頷き、また作業に戻った。彼はカードの山をパラパラとめくっている。おれはデスクの反対側の椅子に座り、彼を観察した。オフィスには他に誰もいない。ヘンリーのデスクは空で、こげ茶色のストローハットだけがデスクの吸い取り紙の上に置いてある。グロドニックはカードをふたつの山に分け、五インチ程の高さの山を金属製のケースに戻し、もうひとつの四分の一インチほどの山の角を揃えて、慎重にデスクの端に置いた。ケースの蓋を引き下ろして椅子の背にもたれる。薄いブラウンの瞳を訝しげに細めている。彼は年配の落ち着いた男だ。頭髪は薄く体は太り、活力やユーモアの大半は枯れているが、忍耐と秩序を備え、日常業務に決して飽きない。礼儀正しさはおもちゃのピストル並みに見せかけだが、説得力のある武器だ。どうしようもない人間が多すぎる、と彼は痛いほどわかっている。

グロドニックは広い胸の前で両手を組み、冷ややかに微笑んだ。歓迎の笑みではなかったが、おれが受けたのはそれだけだった。

「やあ、ミスター・ワイルド？　もう事件の謎が解けたようだな？」

「ああ。告白するために来た」

グロドニックは嚙むように口を動かしてから小指を口に押し込み、奥歯をなぞった。葉巻の巻紙の切れ端を取り出して床にはじき飛ばす。だるそうに頷き、天井を見上げた。

「おれがまだ隠しごとをしていると思っているのか、警部補？」

「もちろんだ。違うか？」

「まさか、グロドニック。もうそんな必要はない。それにあんたの邪魔をする立場じゃない」

「すでに十分邪魔されてるが」彼は声を荒げないが、おれなど目に入っていないようだ。

おれはデスクに身を乗り出して警部補を真面目に見た。「あんたは法律だ、グロドニック、だがこの町の法律はあんただけじゃない。確かに、おれは多少あんたの邪魔をした。大陪審の指示なしに、依頼人や誰かをあんたに差し出すつもりはない。だが法に知られていない物ごとはおれにはわからない。また別の法律も。あんたにはとっくにお見通しだろう」

グロドニックは天井の隅にすばやく微笑むと視線をこちらに向けた。「ワイルド、おまえはわかってるんだな。いったい何を知りたいんだ？」

おれはデスクから身を引いて肩をすくめた。「さあ、何だろうね。キンブルについて話すべきだったかもしれない、とは思った」

「キンブルの何についてだ？」

「そんなことわかるか」おれはかみついた。「失踪中のあの男を、おれは見つけるつもりだ。あんたは受け持っている事件解明のためにキンブルを見つける必要がある。てことはお互い同じ側にいる、違うか？」

「おそらくそうだろう。キンブルについておまえが知っているのはどんなことだ？」

「ふざけるな、グロドニック。内緒話じゃないんだ。何か手がかりは見つかったのか？」

警部補はしばらくこちらを見つめた。薄茶色の眼を和らげて丸顔で笑う。彼はおれが本気な時は気に入ってくれる。

「ああ」グロドニックが静かに言う。「手がかりを入手した。確固たる根拠となるものだ」

「で、何らかの動機はつかんだのか？」

「さあどうだか。つかんだのかもしれんし、つかんでいないのかもしれん」グロドニックはデスクに置いたカードの山を取ると再び角を整え、デスクの端に乱暴に置いて頷いた。「つかんだのだろうな」

「その中に？」おれはカードの方に頷いて尋ねた。

グロドニックはまだ言うつもりはないらしい。心を決めかねているようだ。「言いづらいんだ」考え込んでいる。「これは伝道者のカードだ。おまえの想像より彼は遥かに多く信者について知っていた。全員の目録を作っている」グロドニックはさらに音を立ててカードを置きこちらを見た。もしこれが手がかりなら、おれには的外れだ。

「それで？」

「なぜ伝道者は律儀に信者の目録を作りたかったんだろうな？」

「そういう気になったんだろう。あんたたちみたいに秩序立って書類に残したがるんだ」おれにできる最高の説明だ。

「おそらくな」

「で、中身は何だ？　そのカードに？　何て書いてある？」

グロドニックはこちらを鋭く見て、急に笑った。

「読みとれないんだよ」警部補が言う。「キンブルは暗号を使ってるんだ」カードの一枚を取って、読み上げた。「たとえば、ある男性についてこう書いてある。『自殺衝動。A―Bを感じると生活に支障が生じる』続いて、キンブルが相手に実行するよう促したことが書かれている。罪の償いの類だと思う。きっと効果があったに違いない。五カ月前の日付で、その男はまだ生きている」

「男性の名前がそこに?」

「ああ。肉体的な記述もすべて書かれている」彼は手の平にカードの山を乗せて唇をすぼめた。「これは気に入らない。ひどく気に入らない」

「何が嫌なんだ?」

グロドニックは咎めるように見る。「おまえはばかか。この『A―B』だよ。この暗号は解けるもんじゃない。これはある意味を表している。カードの男性を煩わせている何かだ。自殺したいと思うほど男性を思いつめさせるものだ。それにどうしておれが気に入らないのか、おまえにはわからない」彼は蔑むように微笑んだ。

「わかった、するとキンブルは恐喝犯だったかもしれないんだな?」

「その通り」グロドニックがケースとカードの山を取って椅子から立ち上がる。ゆっくりと部屋の隅に向かい、奥行きのあるファイルキャビネットの錠を開けた。ケースと分けたカードの山をゆっくりと中に入れ、音を立てて引き出しを閉めた。錠がかかったかどうか取っ手を引っ張って確認してから、椅子に戻った。

「何か思い当たるか?」彼が尋ねる。

おれは考えを巡らせた。タバコを吸って首を横に振った。「いや、何もない。キンブルの線はない。

おれの知る限り彼は恐喝者にはそぐわない。それに暗号を解く鍵がなくても他にも時間をかけて集めた情報が山ほどある。それを手に入れなければキンブルが万事において思い切った手段を取っていたことになる。カードにある全員を洗うべきだ。大変な作業だ」

「今やっているところだ」グロドニックが穏やかに言った。

「なら、幸運を祈るよ、警部補。雪が降る前には何かわかるかもしれない」

彼は意に介さなかった。重い身体を椅子に預け、両腕を広く伸ばしている。上の歯は三本金がかぶせてある。あくびをした時に歯が見えた。「うちの連中は頭のキレが悪いと思うがな」

「あんたはましな方だ。さてと、教えてくれてありがとう。もし何かわかったら、知らせるよ」立ち上がり床の帽子を取った。彼は何も言わない。「ミセス・キンブルを殺したのは何口径の銃だ?」

わざと驚いたように彼は目を開いた。「見てわからなかったのか?」彼は笑った。「三十二口径の銅めっきの弾丸だ」

「ジャクソンを殺したのと同じか?」確信はしていたが公式に知りたかった。

「同じ銃だ。ここに記録がある」彼はデスク上の書類の山をかき分けた。わざわざ見るまでもなかったが、口には出さず、彼が書類を見つけるのを待った。「あの女性も気の毒に。じき赤ん坊も生まれたのに」そう言いながら弾道に関する報告書を手渡す。

別に壁が崩れたわけでも、ラッパが鳴り響いたわけでも、流星が飛んできたわけでもなかった。すべておれの頭の中にあった。それが顔に出ないのには我ながら驚いた。強ばった手つきでグロドニックから書類を受け取り、窓辺に歩いた。書類を上げて読むふりをしたが、見てはいなかった。目に浮かぶのはワイルドという名の大ばか野郎と、裏切られた女性たちの顔、そして死体と頑張り屋の伝道者と女たらしだけだ。グロドニックの方を向いた。「妊娠何カ月だったんだ？」

「誰のことだ？　ああ、ミセス・キンブルか？　四、五カ月だとドクターが言っていた」デスクに顔を向け、こちらを見ていない。

おれは窓辺に立ったまま中庭をぼんやりと見た。自分の推理が気に入らない。あまりにも冷酷で俗っぽい恐ろしさに満ちている。それらがべっとりとまとわりつき離れようとしない。推理の内容は恐れと冷血な嫌悪に満ちている。肩甲骨に冷たい汗が流れ、胃がけいれんしている。口に苦いものがこみ上げ、頭の中で死せるものたちの空虚な風が響いた。

椅子に戻り、腰を下ろす。そしてグロドニックの手元に弾丸の報告書を弾き落とす。彼は顔を書類に向けたままで、おれがいつ立ち去っても構わない様子だ。椅子に座ったまま咳払いをした。苦い味は取れない。咳で消えるものではないらしい。

「サツになって何年だ、警部補？」その声はおれのだ。喉から出ているのは感じた。その声は鎮まった部屋に耳障りに響いた。グロドニックが勢いよく顔を上げる。

「二十七年になる」愉快そうに言い、じっとおれを見る。「なぜだ？　それがどうかしたか？」

「事件のたびにあんたは具合が悪くなるか？　誰かを殺したくなるくらいに？」

グロドニックは驚かなかった。彼は何ごとにも驚かない。「たいていは」静かに言った。「仕事を辞めたくなる。一度実行に移したよ、三カ月ばかり。女房はおれの気が狂ったと思った。おまえなら乗り越えただろう」大きな頭を静かに揺らしたので、耳元の髪が上下に揺れた。「しばらくしたら正気に戻った」

おれはそれから何も言わなかった。椅子に座ったままタバコを二本吸って、自分はどうだったか考えた。グロドニックは黙っていてくれた。彼は待ち方を知っている。彼はデスクの上の書類の厚いファイルにゆっくりと目を通し、束になるほどメモを取った。丁寧にメモを集め、報告書はフォルダーに戻し、紐を結ぶと、書類をデスクの端に積んで胸の前で両手を組んだ。ゆっくりと動き、考えるが、頭の中は電卓のように正確だ。彼にそう言ってやりたかったが、敢えて言わなかった。彼は沈黙の中からくみ取り、有効だと思えることだけを行うのだろう。彼には独自のルールがある。

「あんたの電話を使っていいか、警部補？」

グロドニックは大きな手を振った。「勝手に使え」

署の電話交換士にマリオンのプレンティス家の電話番号を伝え、受話器を持ったまま町の交換士につながるのを待った。グロドニックはそばで見ていたが、何も言わない。呼び出し音が四回鳴り、その寂しい響きに家が留守だとわかる。受話器を持ったまま、鳴るに任せた。と、すぐに受話器を乱暴に取る音がして、息を切らした声が、ハローと言うのが聞こえた。

アリシアだ。おれは名乗り、息を切らしている理由を尋ねた。

「ああ、あなたのせいよ」彼女の声はオーク材の厚板のように硬い。もしくは正確に成形され、手磨きで光沢のあるオーク材の羽目板のように、有用で装飾的だが触れると冷たい。

「確かにおれのせいだ。どうやらワイルドは嫌われ者らしい。おまえの母親はいるか？」

「母さんは寝ているの」その声はまだ歯切れが良すぎてよそよそしい。「起こしたくないわ。今日はひどいショックを受けたのよ、あなたのご承知の通り」

「つんけんするなよ、アリシア。母親から話を聞いたか？」

「あなたがアレックを刑務所送りにしたとだけ聞いたわ」不快そうだ。「それだけで十分」

「オーケイ」重苦しく言った。「母親を起こしてくれ」

「なんですって?」今や激怒している。

「彼女を起こせ。これは仕事だ。彼女を呼べ」おれはどなった。

受話器が大きな音を立てて置かれ、沈黙となった。少なくともアリシアは電話を切ってはいない。おれは待った。マッチの軸をぼろぼろになるまで噛んで次は指の爪かと考えていたら、ミセス・プレンティスが電話口に出た。夫人が話した後にかすかにカチリという音がしたので、おれは内線電話が切れるのを待った。しばらくしてから言った。「切るんだ、アリシア」すぐにあえぎ声がして内線電話が大きな音を立てて切られた。ミセス・プレンティスがくすくす笑う。「あなたとアリシアは喧嘩中?」夫人はショックを受けている気配をおれに感じさせなかった。声は軽快だ。「ご用件は?」

「たいしたことじゃない、ミセス・プレンティス。頼みごとがある」

「あら、何なの?」用心深い声になる。

「今夜ディナーに人々を招待してもらいたい。火曜の夜に招待したのと同じメンバーを」

「でも……ディナーに呼ぶには時間がなさすぎるわ、ミスター・ワイルド」

「そうかもしれないが」おれは噛みついた。「できるだけ人数を集めてくれ。客には、おれが台無しにした火曜日のパーティーの埋め合わせだというんだ」

夫人が軽やかに笑う。「今回も台なしにするんでしょう?」

「残念ながらそうだな」おれはゆっくりと言った。「避けられるかもしれないが、難しいだろう。協力してくれるか?」

「重要なことなのね?」慎重に尋ねる。

「重要だ」おれは請け合った。「これで事件の全容を明らかにできると思う、あんたが助けてくれれば」

「わかったわ、ワイルド」夫人はきっぱりと言った。「できるだけのことはしましょう。何時に家に来てもらおうかしら？」

「できれば七時にしてくれ。その頃にはおれは行けると思う」

全容解明のためにはなんでもやるという点で、おれたちの意見は一致した。夫人はアリシアとおれの仲をとりなすと言って電話を切った。

グロドニックの目は鋭く、おれが説明するのを待っていた。

「知らない振りをしてくれるか、警部補？」

グロドニックは静かに首を振った。

おれは次のタバコに火を点け、煙を床に吐いた。「賭けなんだ。今、説明するには具合が悪い。一緒に来て、私的にぶらっと夫人の家に遊びにいかないか？　何もおれの味方にならなくていい。ただ采配は任せてくれ」

「何を考えているんだ？」

「まだ考えが固まっていないんだ。あんたに殺人犯を進呈すべきではあるが、おれが今、知っていることを証明する術がない。とにかく家に来てくれ。十分くれれば、おれは事件全体を何もかも説明できると思う」

「十分で？」

「うまくいけばそれで足りる。でなきゃ、もう少しかかる」

「さあ、どうするかな」グロドニックが静かに言う。片手で顔を押しつぶすように撫でる。彼の目はおれを慎重に判断している。「これだけは言わせてくれ」大きなシルバーの腕時計を取り、文字盤を見た。「いま四時半だ。六時に迎えに来てくれれば一緒に行く。プレンティス家におまえと一緒に十分間いて、さっき吹き込まれた話の全容を聞く。だがおれを当てにするな。おれの立場も利用するな。おまえのために行くんじゃない。ただ行くだけだ。わかったか？」

わかったと告げる。彼の気が変わるかもしれないし、彼自身、そう期待しているかもしれない。三秒後にはばかげていると思い直し、一緒に来たがらない可能性もある。あれこれ言われる前に、おれは部屋を出た。ドア口で彼に手を振り、走らないまでもなるべく早く建物を出た。

警察署の駐車場の外れに停めていた車に乗って自分のオフィスに向かう。道路の脇に二重駐車し、急いでオフィスの確認に戻る。ニューヨークからの手紙に目が留まる。左の端にメトロポリタン・エージェンシーの印がある。ボブ・ミデアリーの報告書だろう。ポケットに手紙をねじ込み、電話メモを見た。地区検察官から二度電話があった。メモをポケットに突っこんで車に戻った。道路取締りの警官と激しくやり合ったが大目に見てもらった。チケットを切ると、警官も早起きして交通裁判所に行く必要が生じる。彼はおれを散々叱責したから、おあいこだろう。

冷水風呂に入るためにアパートに向かいながら気づいた。家に帰る前にしなくてはならないことが山ほどある。勝つにしろ負けるにしろ、これからグロドニックと運命共同体になる。推理中だと言われてもグロドニックは真に受けていないだろう。予想通りうまくいけば彼の出費でおれが賞賛を得たと彼は思うだろう。失敗してもおれには心配の種はない。ブラシ売りか洗車の仕事くらいすぐにみつかる。

19

警察署には六時数分前に車で着いた。裏口から階段を上ってグロドニックのオフィスに行く。彼は帽子を被って窓辺に立ち、両手をポケットに突っこんでいた。ヘンリーもデスクにいて、両足をデスクに載せ手を頭の後ろで組んでいる。顔をしかめて上司の方を見た。ドアの開く音でグロドニックの集中は乱されたようだ。肩越しにおれを見る時、ヘンリーとも目が合い、肩をすくめた。

「出かけられるか、警部補?」ドア口に立ち、肩でドアを押さえる。

グロドニックは両手を窓の下枠に置いて、軽く寄りかかり、考え深げに眉をひそめた。「思ったんだがな、ワイルド」警部補が穏やかに言う。「おまえが波風を立てようとしている中におれを巻き込みたがるのは何故なんだ?　どうしてひとりでやらない?」

ヘンリーがにっこりと笑う。それはいい質問でおれには答えがない。ヘンリーはそれが気に入ったのだ。

「わからないんだよ、グロドニック」おれはゆっくり言った。「ミセス・キンブルが身重だった、とあんたから聞かされて、おれはショックを受けた。ストレートに考えすぎていたと思う」ドアを足で支え、タバコに手を伸ばした。「あんたの言い分が正しいと思う。ここにいればいい。いつかおれが説明する」燃え尽きたマッチの軸をゴミ箱の方にはじき飛ばしてドアを押し戻した。体の向きを変えて廊下に出た時グロドニックが叫んだ。彼は窓に前屈みになっていたのを急に止め、部屋を急いで横切っておれについてきた。

「いったい何を企んでるんだ、ワイルド？」グロドニックが歯を食いしばる。彼の大きな手で腕をつかまれ、オフィスに引き戻された。

互いにしかめ面をした。「何も企んでいないさ、警部補」おれは唸った。「酒でも飲もうというだけさ。あんたの部下が代わりに行くというならそれでもオーケイだ。あんたは必要ない」彼の手から腕を引き、彼の胸を指で叩いた。「それに腕をつかまれたのは心外だ。一緒に来てもらうのはごめんだよ」

ヘンリーが急いで席を立った。片手をおれに伸ばしながら部屋を横切ってくる。彼が近づくに任せた。ヘンリーの左手にジャケットの襟をつかまれ、引き寄せられた。どうってことはない。彼の首を左手で強く叩いた。彼がふらつくと右手で叩いた。ヘンリーは椅子に足を取られて床に倒れた。おれは体を回し、グロドニックがおれに触れる前に彼の手をとらえた。グロドニックを押し戻し、つかまえられる前にドアのそばに行った。彼らに乱暴な振る舞いをしたのは気にならなかったが、決して愉快ではないことは、はっきりさせたかった。目撃者がいたら、おれを大目に見てくれるだろう。

グロドニックはがっしりとした腕を広げてヘンリーを阻止した。「落ち着け」彼が鼻を鳴らす。「自業自得だ。いいから座れ」グロドニックはヘンリーをデスクに押し戻した。彼のつぶらな目がこちらに厳しく注がれる。「ワイルド、サツを殴る前に覚えておくべきだな。困ったことになるぞ」

「ばかいえ」あざ笑ってやった。「困るのはあんたたちの方さ。そう言うならもう一度試してみろ」ドア口に一歩入って待った。グロドニックは動かなかった。「どうした、警部補、手錠をかけていない奴はお気に召さないか?」

ヘンリーが視線を上げ、押し殺した声で言った。「おれが捕まえてやる、若造。待ってろよ」

グロドニックはハエを叩くかのような落ち着かないしぐさをした。「おまえはここにいろ、ヘンリー。十分騒ぎを引き起こしている」グロドニックはおれに向かって歩いてきた。「かりかりするな、ワイルド。一緒に行く。まだ話は終わってない。警察官を殴って逃げられると思うな、だがとにかく仕事だ」警部補はおずおずと片手を出し、おれの胸を突いた。おれはそのままにさせた。

「あんたとはどこにも行かないよ、警部補。この事件が終わるまでは。おれの後頭部を殴ろうとしている奴とも、どこにも行くつもりはないね」

グロドニックは再び落ち着いた表情になった。再びおれを突くと、後に続いて廊下に出ておれの腕をつかんだ。抵抗せずに、警部補が階段に向かって廊下でおれを押しやるがままにした。

「ふざけた騒ぎだな、ワイルド。今日の午後、話しただろう。ときどき仕事やいっしょに働く相手のせいで具合が悪くなる。結局は同じだ」柔らかく抑制的だが、不快な声だった。「ヘンリーは賢い奴だ。奴のおやじは署に大きな影響力がある」彼は踊り場でおれを立ち止まらせ、向き直らせた。「奴を痛い目に遭わせるなら、おれのオフィスではやめろ。それにおれの目の届く範囲ではするな」太い指でおれの肋骨を突く。「それに今度やる時は平手で叩くな、拳でやれ」

互いに笑い合い、グロドニックはおれの背中をどんと叩いた。「見物だったぞ、ワイルド。床にころがる女々しいヘンリーを見るのは」警部補が忍び笑いする。「だが次やる時はルールを守れ」

おれたちはグロドニックの公用車に乗った。ほこりまみれの黒いセダンで後部座席には暴動鎮圧用の銃が入っている鍵のついたケースがある。明滅赤色灯が運転席にぶら下がり、ボンネットの下にはサイレンがついている。見た目は、強い追い風でも時速五十マイルがやっとのおんぼろ車に見える。彼がモーターの辺りを蹴ると、静かでぎごちない音から、唸り音を立てずに時速九十マイルはいけるような音になった。グロドニックが話しながら運転する。落ち着いて背筋を伸ばして座り、何も気にしていないように、しかし車の流れには注意を払い、速度を上げもせず止まりもせずに車を追い越してゆく。

乗車中、おれたちは静かに座っていた。おれはヘンリーに対して色々な感情が浮かび、他の考えごとができなかった。グロドニックはモーター音に合わせて鼻歌を歌い、マリオンにつくまでおれを放っておいてくれた。彼は片目でこちらを見てつぶやいた。「さっきミセス・キンブルの妊娠が何だとか言ってたな。何か特別な意味を持つのか？」

おれは唸った。「ああ。ミスター・キンブルはおたふく風邪か猩紅熱《しょうこうねつ》を患ったせいで不能だ。ミセス・キンブルは妊娠できなかったんだ、ここだけの話だが」

彼はくぐもった声を出し、静かになった。

「しばらく様子を見よう、グロドニック。おれもまだ事態を整理していない。わかり次第あんたに伝えるよ」

グロドニックがこちらを向く。その唇は硬く引き結ばれている。「すると何かつかんでるんだな？」いかめしく言う。「ついてるな、ワイルド。運勢以上に幸運なんじゃないか。その運を台無しにしたくないだろう」

「ああ。それはごめんだよ、警部補」グロドニックがまた低い声でつぶやく。

「容疑者全員を集めて、これみよがしに推理をご披露とはファイロ・ヴァンス気取りか？　皆を呼びつけてどうするつもりだ？」

「勘違いするなよ、グロドニック」おれはうんざりとして言った。「その中のひとりに用があるんだ。おれが殺人犯と踏んでいる人物は大勢の中だと、そう不審には見えない。おれが欲しいのはそいつだけだ。それに、もし他に誰もいないなら、そのひとりこそ意中の人物だ。敢えて欠席しない人物こそが。もうしばらく口を閉じて、考える時間をくれ」

グロドニックはもう一度唸ってから運転に集中した。彼のために曲がる箇所を指示した。おれの両手は少し震え、喉は乾いて苦しい。タバコを出して一本吸った。火を点けて煙を吸い込むと喉がひりひりしたが、少し寛いだ。タバコの箱をポケットに押し込む時ボブ・ミデアリーからの厚い封筒に気づいた。封筒を取り出し、封を開けた。

八ページに渡る分厚い報告書だが、ボブは最初の段落に要点を記していた。彼の手下がようやく客室係のメイドに接触したおかげで、ジグゾーパズルの大きなピースがまた一致した。メイドはアルコールを使った清掃の後だったので気分が悪そうだったが、日曜の午前に客室で回収したハンドタオルについては今でも怒っていた。メイド用の戸棚から清潔なタオルを取って設置したのに、回収する時には得体の知れない黒いしみやべとつくものが付着していたという。メイドには得体がしれなかったが、ミデアリーには判別がついた。時間が五分ほどかかったが、そもそもタオルを見つけたのが幸運だった。通常通り洗濯に回らなかったのは、汚れがひどかったからだ。メイドはタオルをごみ箱に入れ、利用客に追加料金を請求するつもりだった。ミデアリーによる化学分析結果は、おれがどうしても知りたいことだった。

タオルのこげ茶色のしみは、一時的に髪が染まるが洗い流せる毛染め剤だ。と突然、客室の洗面台の奥の壁に黒っぽい水玉がついていたのを思い出した。あれはインクではなかったのだ。タオルのしみの成分は濃いファンデーションのような、ドーランといわれるものだ。このことからわかるのは、誰が土曜日に客室を使ったにしろ、チェックインをした時にはキンブルに似ていたが立ち去る時には似ていなかったということだ。薄暗い車内灯では報告書を読み通すのが辛かったが、欲しい情報はすべて手に入った。報告書を丁寧に折り、ポケットに押し込んだ。

目を上げると、ちょうどグロドニックが最後の曲がり角を通り過ぎそうになっていた。タイヤを軋ませながら角を鋭角に曲がり、間違えずに右に曲がってプレンティス家の私車道に入った。エンジンを切り、車は車列の最後尾に静かに惰性で進み止まった。彼はイグニッションキーを回して抜き取りポケットに入れた。グローブボックスの蓋を開けて、ずんぐりとした銃身の短いリボルバーを取り出す。「これが必要か、ワイルド?」

おれは肩をすくめた。「もしかするとな。そうならないことを望むが、可能性はある」

警部補はこちらを鋭く見た。銃を腰の下に下げて、車からなんとか這い降りた。それから銃を尻ポケットにしっかりと入れて直立した。車の外にいる人たちからは彼の動作は見えなかったはずだ。彼は厚いマニラ紙のファイルフォルダーを持って左ひじの下に挟んだ。おれは助手席側から降り、音を立ててドアを閉めた。

西翼に月のような青白い照明が見える。まだ灯りはついていないが、プレンティス家の開いているドアから、アリシアが中庭に立っているのが見えた。彼女は元気に手を振り、芝を走ってこちらに来た。草地をかけてくる彼女のロング丈のグリーンのワンピースが揺れる。つま先立ちで走っていたアリシアが抱きついてくる。おれは一瞬踏ん張る必要があった。彼女は体重が軽い方ではない。よろめきながら彼女を抱いて一周回ってから、彼女を下ろした。グロドニックは微笑ましそうに見ている。「カーニー、ごめんなさい」アリシアがおれの耳元で囁き、頬にキスをする。「アレックと母さんからすべて聞いたわ。兄を助けてくれてありがとう」小刻みにキスの雨を降らせるので、顔を蝶々の羽で撫でられている気がした。彼女をそっと押し戻す。

「オーケイ、アリシア。素敵だよ」おれは物憂げに言った。「素直に嬉しい。グロドニック警部補は知ってるな？」親指を彼の方に向けた。

アリシアはグロドニックに微笑んで言った。「こんばんは」おれの耳元に緊張した声で囁く。「アレックが戻っているの！　釈放してもらえたのよ。毎朝、裁判所に出向く必要はあるけれど、家にいられるの！」彼女の声はまるで祝日のように軽快だ。瞳はきらきらと輝き、若い女性ならではの美しさに満ちている。おかげでおれは自分の歳を思い知らされて酒が飲みたくなった。おれの読みが正しければ、この事件は段階的に解明され、すべて解決する。だがうっかりアリシアを忘れていた。おれは作り笑いをした。

「素晴らしい」おれはつぶやいた。「予想よりはるかにいい」グロドニックの方を向いて言った。「さあ行こう」アリシアがおれの腕を取り、三人並び足並みを揃えて芝生を抜け、開いているドアに向かって行った。ドアに着くと立ち止まり、アリシアの方に屈みこんだ。「面白い話じゃないんだ、アリシア。おれが呼ぶまでここで待っていてくれ」すばやくキスをして彼女の返事を待った。続けて「ふざけて言っている訳じゃない」と厳しく言った。「おまえにはここにいて欲しい。花に水をやるといい。ほんの数分だ」

アリシアはしばらく黙っておれを見ていたが、瞬きをして急ににっこりと笑った。「オーケイ、シャーロック。でも一分だけよ。そうしたら迎えに来て」ウインクをすると、おれをドアに押しやった。

「走ってきてね」

グロドニックが短かく頷く。彼は若い恋人たちが好きらしい。女房へのみやげ話にうってつけだ。これから室内で起こることも、人に話すくらい彼が気に入ってくれるといいが。そう思うと武者震いがして中に入りにくくなった。全将来がかかっている。失敗すれば、おれはおしまいだ。ドア口でためらっていると、グロドニックがさも珍しそうにこちらを見た。

「足がすくむのか?」警部補が静かに尋ねる。

「固まってるよ」おれは認めた。

グロドニックはしばらく立っていた。そしてにっこりと笑い、おれの肩を強く叩いた。彼なりの応援の仕方だ。おそらく今まで何度も背中を叩いてきたのだろう、とばからしくも考えた。おれは深呼吸をして中に入った。

閑散とした玄関ホールを通り抜けて応接室に入る。私車道には車が三台あったので、もっと多くの人がいると思った。室内にいるのはミセス・プレンティス、ドクター・ディーシズ、そしてアレックだった。おれがグロドニックを連れてくると全員が振り返った。

ミセス・プレンティスはドアに面する金のブロケード張りの椅子に座り、アレックは右手にいる。ドクター・ディーシズは暖炉のそばのソファにとりすまして座っているが、緊張して不満そうだ。グロドニックをミセス・プレンティスのそばに連れて行き、今さらながら紹介した。おれが自問自答している間も、彼らは何かしら話しかけてきたので計画通りにならなかったのは別として何とか体面を保った。グロドニックが十分、時間を延ばしてくれるか思案した。その時、声が聞こえた。

軽快な声だ。スコッチ・アンド・ソーダでいくぶん舌が滑らかになったらしく快活だ。力強い口調の中にも皮肉さが垣間見える。その声が言う。「ああ、また警察をお迎えするんですね、なるほど」

おれは何も言わなかった。喉が詰まり、脈が速まる。入念な計画も心理作戦も忘れてしまった。おれはゆっくりと振り返り、目の端でタイミングを計った。右足を軸にして左の拳を低く構え、ジェラルド・ドッジの腹を殴った。首尾よく効いて、彼は痛みに顔をしかめて前屈みになり、ふかふかのカーペットにメガネを落とした。うまくやった。左足に力を入れると、右の拳を上げ、全体重をかけて次のパンチをお見舞いした。屈んでいるドッジを捕まえて立たせると、今までで最高のパンチを食らわせた。手を曲げた時に今でも感じるくらいだ。拳はドッジの顎の上の、鼻と口の間に入った。気を失ってほしくはなかったが痛めつけたかった。彼に守りの体勢を取らせず、痛めつけられる恐怖を味あわせたい。ドッジの顔から血の気が失せ、鼻血が出た。背中で暖炉に寄りかかり床に崩れると、恐怖に怯えた目を見開いてこちらを見た。ミセス・プレンティスがかん高い叫び声を上げ、アレックは飛び上がり、身を強ばらせた。ドクター・ディーシズが驚いて立ち上がる。グロドニックは急に飛んできておれの腕をつかみ、脇に引っ張った。

「ワイルド、おまえときたら」警部補が鼻を鳴らす。「いったい何ごとだ?」

「あどけない面《つら》をして讃美歌を歌う殺人犯だ!」

20

おれはグロドニックを肩で押し、ドッジのライトジャケットの胸元を片手でつかんで立ち上がらせようとした。だがしっかり立たせたりはしない。バランスを崩した体勢で椅子に押し倒した。拳を振り上げ、また腹にお見舞いした。彼のジャケットの前をはだけさせ、内ポケットに手を入れて彼の顎を肘で鋭く砕く。ドッジは文句を言わず何も音を発しない。彼の戦意は失せている。またきつい一発を入れる。反撃させるつもりはなかったが、彼のポケットに何を見つけるかによる。おおいに希望を抱いた。そして銃が見つかるのを期待した。ジャクソンとミセス・キンブルを殺した銃があるのを。

ドッジの財布を彼の膝に落とした。身体を隅々まで探り、素早い動作でポケットの中を引き出した。銃はない。後頭部を椅子に叩きつけ、彼の財布を持って立ちあがった。アレックはおれのそばにいて、その様子をじっと見ながら身を強ばらせている。グロドニックはドッジの反対側にいて、ドクター・ディーシズもその横にいる。全員が恐怖に怯えつつドッジを見ている。証拠をつかまねばと焦った。さもないと、今にもおれが恐怖に怯えた目で皆から見られる羽目になる。

財布を開け、中のごみくずをぶちまけた。ドッジの財布は幅広で、札入れの箇所と、手紙や名刺を入れる折り返し付きの箇所がある。名刺や手紙を指で探り、見終わると彼の膝の上に落とした。手がかりが見つからない。ごみくずしかない。札入れの箇所に手を入れて薄い札束を取り出した。目的があっての行動だと言い聞かせようとしたが自分に嘘はつけない。グロドニックにも嘘はつけなかった。彼はもうドッジを見ておらず、こちらに目を向けている。おれはいかめしく笑いかけた。札束をポーカーの札《ふだ》のように広げた時、探し物を見つけた。

五ドル札の裏にテープで張ってある。左手にイニシャルが記され反対側に説明書きがある、小さなメモ書きだ。キンブルの暗号表。おれは目を通してからグロドニックに渡した。「A—B」は故殺、「A」は殺人だ。たくさん「A」の信者がいたら、恐喝犯はキンブルの上得意客名簿で大騒ぎするだろう。

「これだ。これが目的だよ、グロドニック」メモを渡す。

彼は一目見るだけで十分だった。すばやく頷いて胸ポケットに入れる。なめらかな動きでニッケルの手錠を出すと、ドッジの方に身を屈めた。愚かしくまばたきをし、まだなかば呆然としているドッジの手首に警部補が手錠をかけた。ドッジは信じられない、という目で周囲の人々を見た。それから手錠をかけられた両手を上げて軽く振った。まるで手かせを外されるべきだ、というように。何も起こらなかったので、彼は驚いて目を見開いた。口を大きく開いて歪んだ沈黙の叫びを上げ、手錠をかけられた両手を椅子の肘に打ちつけた。おれたちが油断をしていると、ドッジは急に椅子から勢いよく立ち上がり、目を丸くして驚いているアレックを押しのけて逃げようとした。おれたちの中ではグロドニックが最初に我に返った。ドッジが横を通り過ぎようとした時にグロドニックは手荒い拳骨をお見舞いした。それはかろうじて頭をかすり、その衝撃でドッジはわずかにバランスを崩し、勢い余ってグロドニックとドクター・ディーシズも床に倒れた。ドッジがよろめいただけでおれには十分だった。手錠の鎖に手をかけドッジを引っ張りあげる。彼は手錠をはめられた両手でおれをつかもうとしたが、彼が身体の向きを変えるまで待って殴った。手錠を引っ張りはしなかった。ドッジにしばらく静かにしてもらいたかったので、一番ましな方法として殴ったままでだ。ジャクソンの敵《かたき》を討つ意味もあった。ボタンの上を殴ったので、乾燥したオークに斧が入った時のようなくぐもった音がした。ドッジがゆっくりと崩れ落ちる。彼がカーペットに横たわると部屋の淡い灯りが明るいピンク色の髪に反射した。

両手を彼の脇の下に入れ、椅子まで戻した。座らせる手間はかけず床に座るままにさせた。視線をミセス・プレンティスに向けると、夫人は咳払いをした。「気は確かなの、ワイルド?」夫人が尋ねる。その眼差しは痛々しく、声には張りがない。

おれは頷いた。まだ話すことができない。アリシアはドア口に立ったままドッジを見ていた。驚いた目をして部屋を横切り、こちらに来る。おれの右手を取り、彼女の頬に上げて言った。「ありがとう」アリシアが囁く。「見なくて良かったわ。どれもジェラルドのしわざだったの?」彼女はおれの手を下ろして、こちらを見上げた。

おれは再び頷いた。「どれもだよ、アリシア」自分の声がハロウィンのおばけのようだ。「何か飲み物をくれないか?」しわがれ声で言った。

アリシアはつま先立ちになり、おれの顎に軽くキスをした。「オーケイ、シャーロック。たっぷり持ってくるわね」彼女はドアを開けたまま出ていった。おれはふらふらとドッジの椅子の方に歩き、そこに座った。ドッジの頭を小突いて彼の目を見た。力尽きて気を失っている。おれは椅子の背にもたれてグロドニックを見た。

「オーケイ」グロドニックが引き締まった口元で言う。「さあ、奴が正気づく前に、話を聞かせてくれ」彼は軽い椅子をおれのそばに引き寄せて座った。アレックが夫人の手を宥めるように軽く叩き、ドクター・ディーシズは警戒しつつそばに立っている。彼らはこちらを一心に見ている。

「わかったよ、グロドニック。あんたの知らない極めて重要な点がふたつあって、そこからドッジが浮上した。まず妊娠に関してだ。ミセス・キンブルの妊娠は重要な点だと話しただろう」ミセス・プレンティスが喘ぎ、アレックの顔が急に強ばったのがわかった。夫人たちにとっては厳しい知らせだが、彼らは何も言わなかった。「実はもうひとり妊娠していた女性がいたんだ、グロドニック。その女性をあんたは知らない」

グロドニックが堅苦しく頷く。「ああ、確かに知らないが?」その声は硬く、嫌な感じだ。「さあ続きを聞かせてくれ」

「地元の若い女性だよ、警部補。その娘は初めミスター・キンブルを巻き込もうとしたが、彼にその可能性がないため、うまくいかなかった。それについてはあんたに話した。ドクター・ディーシズがキンブルを検査した。赤ん坊の父親がキンブルであるはずがないんだ。そこで娘はアレック・プレンティスを騙した。それが六カ月前で、彼は手切れ金を払った」

グロドニックは頭を回してアレックを見た。「その話はしなかったな?」彼の声は怒っていた。

アレックが口を開く前におれは割って入った。「その話は又にしてくれ、グロドニック。これは大枠だ。実際にはもう少し現実的かもしれない。だからこそアレックが容疑者の可能性があった。だがおれは彼が犯人だとは思わなかった。ミセス・キンブルも身ごもっていると知った時、それを確信した。ドッジは女性にだらしない。隠ぺい工作のために娘をアレックにけしかけた証拠を、必ず見つけられるはずだ。ドッジはさぞ抜け目なく振る舞っただろうな、ミセス・プレンティスに電話して、アレックがその娘を孕ませたと話した時には。そのせいで夫人はおれをクビにしようとした。ドッジとしては安心できたわけだが余計な仕事だった。それがなければドッジにはあまり注意を払っていなかったし、二重にアレックを疑っていただろう。だが裏目に出た。ここで重要なのがミセス・キンブルだ。彼女は身ごもっていた。そして彼女の夫は不能だ。アレックがあの娘のお腹の子の父親である可能性はあったが、それは重要ではない。だが確信したことがある。アレックはミセス・キンブルの赤ん坊の父親である可能性はない」

「誰がそんなことを言った？」

「おれがだよ、警部補」おれは嚙みついた。「口をつぐめば説明してやる。ミセス・キンブルは妊娠何カ月だとあんたは言ったっけ？」

「四カ月ほどだ」話すと傷つきでもするかのように、彼は堅苦しく言った。

おれはアレックを見た。「だが四カ月前、あんたはここにいなかったろう？　ハワイにセーリングに行っていたとあんたの母さんが言ってた」

アレックの顔は上気した。「ハワイにいたし、それを証明できる。嘘なんてついて――」

「ついていないさ、大佐」おれは割り込みグロドニックの方を向いた。「つまりそういうわけだ。キンブルは違う。アレックは違う。世界中に男はごまんといるが、近くにたまたまドッジがいるから、彼を選ぶとしよう」

グロドニックは同意するように頷いた。「ああ」彼は唸った。

「さあ、ひと通りは説明した。こうなるとあることがわかる。ウィラの件が片付いたのでドッジは安心した。だがミセス・キンブルに妊娠したと告げられ、ドッジは万事休すとなった。キンブルは二カ月足らず前に不能だと証明されていて、その状況は変わりそうにない。代わりになる男性は見当たらないのにキンブルでなければならないことになった。その頃にはドッジはゆすりの計画を立てて、後戻りできなかった」

ミセス・プレンティスが泣いている。拳を歯に強く押し当てている。

「悪いな、ミセス・プレンティス、だがそれは確かだ。ミセス・キンブルの遺体を見つけた瞬間、キンブルの生存の可能性は消えた」タバコを吸う時間を取った。ちょうどその頃アリシアがドア口から入ってきて、丸テーブルに飲み物を載せたトレーを置いた。酒瓶やグラスや軽食の皿が山になっている。彼女は微笑んでドリンクを作り始めた。

「他の人たちが到着したらどうするの、母さん?」ドッジの静かな様子を訝しげに見ながらアリシアが尋ねる。

ミセス・プレンティスはやにわに口を開いた。「あら、まあ」夫人がつぶやく。「年配のミセス・ジェニフローが温室にいるわ。彼女を連れてきて図書館にご案内して。わたしは具合が悪いとでも言っておいて。それにアンドルーズにここに来ている方々を家まで送るよう言ってね。今夜はここにお招きするわけにはいかないわ。わたしには到底無理よ……」

「でも母さん……」

「アリシア、口ごたえしないで。わたしが言った通りにして。とても重要なのよ」

アリシアはおれの方を向き、背筋を伸ばした。「言われた通りにしたら、後でふたりきりになれるかしら、シャーロック?」

「ああ」おれはぼんやりと言った。「あと、おれをシャーロックと呼ぶな」

アリシアはおれにウインクをしてグロドニックの袖を軽く叩いた。作ったドリンクをおれに渡し、他の者たちには自分で作るよう告げた。彼女はドア口で手を振ると、静かにドアを閉めた。

おれはごくりとドリンクを飲んだ。強いライ・アンド・ソーダで、鼻の奥が冷たくなったが、今のおれには好都合だった。

グロドニックが最初に酒のトレーへ向かった。スコッチとソーダを入れ、手にいっぱいカナッペを取った。「それでキンブルはどうした?」

おれはそれについて考えた。そして教会でドッジと交わした言葉を回想した。おれが太陽の下でねそべり、彼が新しい歩道に板石を敷いていた時のことだ。「ム所での取り調べの時にドッジは話すだろうが、教会脇の板石を敷いた歩道の下にキンブルが埋まっている、とおれは踏んでいる。敷き始めたのはキンブルで、ドッジがまだ作業を続けている。まだ終わっていないはずだ」

「するとキンブルは本当にニューヨークには行っていないのね、ミスター・ワイルド?」夫人の声だ。夢も希望も打ち砕かれた。夫人はシェリーの細いグラスを手に、おれに微笑した。

おれはため息をついて続けた。「その通り、ミセス・プレンティス。彼はニューヨークになんて行っていない。車で出かけてホテルにチェックインをして戻ってきたのは、ドッジだ。帰路にはおそらく長距離バスを利用したのだろう、列車では通勤客に知られてしまうだろうから。ドッジはラジオ放送の件を熟知して念入りに台本を手に入れたが、修正中のものだった。メガネは効果があるとわかっていたが、キンブルがメガネをふたつ持っていたのを知らなかった。彼が古いメガネを使ったのは、キンブルが教会の聖書の間に新しいメガネを挟んでいたのを知らなかったからだ。だがミセス・キンブルに返却する必要があったのだ。ニューヨークでの隠ぺい工作はミセス・キンブルをも巻き込んだ。

ドッジとミセス・キンブルは共謀犯だ。さもなければ、ドッジは必要な品を手に入れられない。車もスーツケースも手に入れられないし、ふさわしい品を荷造りするのも不可能だ。それにハガキの件もある。あれが偽物ならミセス・キンブルは指摘できるはずだった。ミセス・キンブルは夫がニューヨークに行った、と力説していた。キンブルは実際には行っていないのだから、彼女が嘘をついていたことになる。

これがおれの推理だ。ドッジとミセス・キンブルは赤ん坊ができてしまったので、キンブルに消えてもらうのが一番だと考え、彼を始末しようと企んだ。だからニューヨーク出張を利用しようとした。放送は嘘ではないが他はすべてまやかしだ。ドッジとミセス・キンブルは、キンブルが翌日〈伝道本部〉で礼拝をする予定だったのをすっかり忘れていた。だからジャクソン執事にキンブルの行方について〈伝道本部〉で訊かれた時、ドッジは無視をしようとした。ジャクソンに頼まれておれが首を突っ込むと、ドッジはおれを突っぱねようとした。計画通りいかないとわかったとたん、ドッジはとても付き合いが良くなり協力的になったが、それこそ素人詐欺師の常套手段だ。

おれは台本とメガネをニューヨークで見つけた。台本があったと言いふらし、本物は〈伝道本部〉にあったとも言った。だがジャクソンに台本を送るよう頼んだとは誰にも言わなかった。その時ミセス・キンブルが気を失い、外に出る機会ができたドッジは、おれの車のガソリンタンクの栓を開けて、おれがドッジより前に〈伝道本部〉に到着できないようにした。彼は台本を手に入れたら思惑通りに行き、誰も聞きとがめないと思ったのだ。ジャクソンは〈伝道本部〉でドッジを見たので、殺された。

それからドッジは同じ夜にミセス・キンブルを殺した。これは推理しづらかった。夫人がまだ睡眠薬で寝ている間に殺したのだ。夫人が殺人事件の調査に耐えられないとドッジはわかっていたのだと思う。それにできることならゆすりの件を内密にしたかったんだ。結局、夫人は妊娠していたのだし、キンブルの失踪で調査が本格的になれば、遅かれ早かれ夫人の繊細な体調に誰かが気づいて調査をし始める。となると夫人はドッジにとって危険な存在だった。だから彼女を消した。隠ぺい工作と繋がる唯一の存在だったからだ。夫人を消して、これで安心だとドッジは思っただろう。そんなところだ」

グロドニックは気難しい様子で酒を飲み干した。「おまえが知っているのはそれですべてか？　ふたつの重要な点がある、とおまえは言っていたはずだが」

「その通り」おれはグラスをぐっと飲むと、床に置いた。ポケットからボブ・ミデアリーの報告書を出してグロドニックに投げた。「今から読む必要はないよ、警部補。メトロポリタン・エージェンシーの報告書だ。あのホテルでキンブルに成りすましていたのはドッジだと示している。メトロポリタンの部下たちが、キンブルが滞在したとされる日のタオルに毛染め剤とドーランが付着していたのを発見した。それは間違いない。その朝セットされた新しいタオルだった。そしてそこに黒い毛染め剤と濃い色のドーランがついていた」

グロドニックがぼんやりした目で、不快そうに口元を引き締める。

おれは彼に向かって唇を歪めた。「いいかい、警部補。キンブルに成りすますために毛染めが必要なのは誰だ？　キンブルはこげ茶色の髪に、血色のよい肌をしていた。犯人がキンブルに似せた人物を雇わなかったとしよう。すると、犯人がキンブルに似ていないから変装した、ということになる。となると誰が思い浮かぶ？　明るい炎のようなピンクの髪をしているのは誰だ？　ドーランで隠さなければならないそばかすがたくさんあるのは誰だ？」おれはドッジを指差した。「このピンク色のドッジを見るがいい」

グロドニックは部屋を見回した。黄土色の髪と日に焼けた肌のアレックをちらりと見て、ドクター・ディーシズの痩せて老いた顔もやり過ごし、ドッジに視線を止めるとじっと見た。そして頷き、深く呻いた。彼のずんぐりとした指で、報告書の文字をなぞる。目を走らせて内容を把握すると、ゆっくりと書類を折り胸ポケットに入れた。グロドニックは再び頷いた。「わかった。彼があの客室にいたのなら、彼こそ犯人だ」

「ドッジはいた」おれは力説し、手を下ろしてドッジの髪に触れた。「一時的な毛染めなんだ、グロドニック。そばかす坊やもキンブルのように見えた。だが優秀な化学者ならドッジの髪に毛染め剤の成分を見つけられるはずだ」

それを聞いてグロドニックは嬉しそうだった。彼はにっこりと微笑んだ。「ああ。そうしよう」彼は長い間ドッジを見てから顎を撫でてつぶやいた。「ドッジはキンブルの死体をどこに隠していた?」

おれはグラスの酒を飲み干すと四角い氷を取り出し、ドッジのうなじに押し当てた。ドッジは何ごとかつぶやいて、ふらふらとした動きで首を振った。おれは氷を彼の瞼に移動させ、彼に強烈な冷たさを味あわせた。

屈んでドッジの背中を椅子の脚にもたせかけ、座っている体勢にさせた。氷をグラスに戻し、ドッジの顔を優しく叩いた。彼の目が開くまで左右に平手打ちをした。

おれは身を乗り出し、ドッジの視界に入るようにした。彼の左の耳元に近づき、鋭く囁いた。「キンブルを見つけたぞ、ドッジ。おまえが埋めた場所から」

何も起きなかった。ドッジは驚きのあまり固まっている。だが彼の脳が働き出したようで、次第に自分に分があるか考え始めた。

おれはドッジの髪を後ろに強く引っ張って突然叫んだ。「銃はどこだ?」グロドニックが椅子をそばに引きよせ、警部補らしくふるまう。おれたちは十分間余り次々に激しく質問を浴びせかけ、答える隙を与えなかった。ドッジにできることで有効な方法はひとつだけだった。犯人が話し出せば早かれ遅かれ真相をつかめる。黙秘し続ける容疑者は厄介だがドッジは黙ったままだ。彼が黙っているのは初めは衝撃のあまり言葉が出なかったからで、後半は、そのほうが有効だとわかったからだ。ドッジがこういった場合にダウンタウンにある、警察署の陰湿な地下室にいてもこうしていられるか、おれは怪しいと思ったが、今のところドッジには有利に働いている。

グロドニックは深く座り、軽蔑の眼差しでこちらを見た。おれは肩をすくめて立ち上がり、ドッジの視界に入り込むようにした。おれは彼を見なかった。「問題ないさ、警部補。奴は何も話す必要はない。こっちはばかな男を思いのままにできるんだから」ドッジの目がすばやくおれをとらえる。思い切りあざ笑ってやった。「まだ毛染めが髪に残ってるぞ、ドッジ。頭皮にまだついているのが見える」彼は急に警戒の眼差しで、手錠をした両手で頭を隠した。おれは踵を軸にして前後に揺れて、彼に笑いかけた。「無駄な真似はよせ、ドッジ。もう隠せないよ」おれはグロドニックの方を向いた。「毛染め剤だけでもこいつをつかまえられるだろうが、それだけじゃない。ドッジが部屋を出るのを客室係の女性が見ている。若造が変装していない顔を客室係に見せると思うか? 女性はピンクの髪でドッジを判別できる。そして彼を捕まえられる」ドッジの方を向いてほくそ笑んだ。「いい話だろう、ドッジ?」

彼は赤面した。目が引きつり、口元が歪む。「くそ!」ドッジが毒づく。「誰にも見られてるもんか！　だろう……？」彼は急に押し黙り、顎の線にかけて筋肉が盛り上がった。

　おれはグロドニックに笑いかけた。今度は純粋に安堵の笑いだ。彼も嬉しそうに大声で笑った。警部補は屈むと、ずんぐりとした親指でドッジの肋骨を押した。「誰も見てなかったのさ！」グロドニックはわざとしゃがれ声でドッジに浴びせかけた。グロドニックは入手したもの以上を求め、手に入れる方法をわかっている。彼は威圧し続ける。警部補の笑い声が轟く。敢えて嬉しそうに身体を揺らし、椅子の中で窮屈そうに背中を丸めてドッジの視界に常に入るようにしている。ドッジの目が狂気じみ、憎悪に満ちる。グロドニックは笑い声をあげたままドッジから目を離さない。

「おまえはいたな！」グロドニックがどなる。「客室係などいなかったとおまえは知っているんだな？　ヘビのようにこっそり出ていったんだ、そうだろう？　誰にも見られずに家に戻ったんだな？」グロドニックの笑い声が少し収まってきたが、それでも窓ががたがたと鳴った。ドッジが唸りながら口元を引き結ぶ。

「くそくらえ」ドッジが吐く。「おれは……」

　グロドニックの笑い声が大きくなる。「止めなければおれを殺すんだろう、ハンサムで女たらしのおまえが。話してくれよ、なあ」警部補は椅子に座ったまま狂喜した様子で身体を揺らし、厳しい侮辱でドッジの正気が揺るがされるのを観察した。

　ドッジはグロドニックの方に飛び上がった。いら立たしげに手を伸ばし、口を大きく開けて狂ったように叫ぶ。「ああ、くそ、あんたを殺してやるよ！　みんな殺してやる！」

　おれはドッジの襟をつかんで椅子の背に引っ張った。グロドニックがドッジに覆いかぶさる。

「キンブルを殺したように、だろう？」グロドニックが促す。

「ああ！」ドッジは正気を失った。それから笑い出した。自責の念から狂気の憎しみや知識を語ることは、もう彼には無理だろう。ドッジはけがらわしい脅しの言葉を叫び続けた。聞いていて気持ちの良いものではない。ミセス・プレンティスが法廷で証言しなくてはならないのなら、それは好ましいことではない。だが、とにかく、これは自白だ。グロドニックは疲れた様子で椅子の背にもたれ、丸い顔は仕事の後で血色が悪い。わざとらしい笑いも消えた。警部補が犯人をつかまえたからといって面白いわけではない。もう何も笑える事柄などない。

警部補が笑うのをやめると、室内に奇妙な沈黙がおりた。ドッジが哀れにも脅し文句を叫んでいるが、誰も聞かず、誰も彼を黙らせようともしない。ドッジは両手で頭を抱えて苦々しい怒りをおしとどめた。微動だにしない。ことは終わった。

21

グロドニックは同日の夜には事件の全容を解明した。数本電話をして四十分もするとプレンティス家の芝生には小隊が動員された。グロドニックは優秀だ。速く働くと同時に、注意深く働く方法を理解している。部下をグループにして、彼らが車を降りる前から指令を出していた。

グロドニックは、ドッジがマーティン・ハウスに借りていた部屋、数室があるチェリー・グローブ・レーンについて、ヘンリーと三人の部下に細かく指示をした。あばた顔のたくましい巡査部長には教会を捜索するための部隊を手配した。彼らはパトカーで出動したので、敷地を明るく照らすだけの十分なライトがあった。

保安官事務所のふたりの担当者が完璧な供述を取るために、ドッジをミセス・プレンティスのオフィスにつれていった。グロドニックはふたりの制服警官に指示をして警備を任せた。彼は金の繻子織の椅子に腰を下ろし、一緒に持ってきていた厚いマニラフォルダーを見返している。

会話はほとんどない。ミセス・プレンティスとアリシアは、アレックと一緒にソファに座っている。ドクター・ディーシズは彼らのそばに椅子を寄せ、きつく身を寄せ合っている。四人はグロドニックに話しかけようとしたが、おれはあきらめた。ライウイスキーとソーダをトールグラスに入れ、ドアの近くにある深緑の椅子に腰を下ろした。

二時間ほどして最初の報告が出た。おれたちは客間にいてとりとめのない会話をしたり、あくびをしたりしていた。ヘンリーが銃を持ってきた。真珠飾りとニッケルメッキを持ち手に施してある、メキシコで製造したと思われる三十二口径の自動小銃だ。それはトム・ソーヤーの本の中身をくり抜いた所に収まっていた。長い冬の午後、ドッジが家で静かに座って古い剃刀で窪みを作っている光景を思い浮かべた。切ってあるページの端は接着されていないので、棚から本を取ると銃の重さでページが開いて銃が飛び出る。不器用だが、努力の跡が見える素人ならではの工作で、ばからしい細工とはいえず、ドッジの賢さが感じられた。グロドニックは弾道レポートを取るためにヘンリーをダウンタウンに送った。

警察が求める証拠を得るには腕利きの担当者をもってしても、時間がかかった。ドッジの供述を取り終えると、グロドニックはドッジを留置所に連れて行き、おれたちは一列に並ばせられた。最初におれ、次にアレック、それからミセス・プレンティス、アリシア、そしてドクター・ディーシズ。一通り聴き取りが終わるまで、ひとり当たり一時間程かかった。おれたちが二分後に急死したとしても、裁判所で有効なレベルの供述を求めた。それが警察のやり方だ。

午前四時になり、グロドニックが終了を告げた。教会を散らかしたまま、部下たちを家に帰らせた。アリシアがコーヒーの入った大きなポットと山盛りのハムサンドを持ってきた。おれたちは食堂のテーブルに疲れ切って座り、ただ口だけを動かし、文字通り何も話さなかった。グロドニックは口に火の消えた葉巻をくわえたまま椅子に深く座り、その目には見るからに疲労がたまっている。彼が喉から絞り出す声はざらついているが、満足そうに見える。

おれたちは午前五時に屋敷を出た。まずアリシアと少し話をしてから、動き始めたグロドニックの車にかろうじて乗った。教会を通り過ぎ、グロドニックは教会の庭に車を入れて辺りを見た。部下たちが、自動車のライトに照らされ忙しそうに立ち働いている。下着が見える肩幅の広い男が敷いたばかりの板石を取り、彼の後ろにいる他の二人はシャベルで掘っている。痩せた白髪頭の男性が陣頭を指揮していた。パトカーの一台の踏板に三人の男がうろついている。彼らは鑑識で、三人の隊員が作業を終えた後に、次の作業に移る準備をしている。彼らは少しも急いでいない。視界が悪いので、仕事はゆっくりと進んだ。

グロドニックは車から降りて作業をしている方に向かい、おれは車に残った。隊員が板石の間の、平らでカーブしている部分に道具を突き立てているのを観察する。数インチ打ち込み、止めると歩道の両端に大きなひびが入った。シャベル担当のふたりの隊員がゆるんだ石の下を押し、溝からすくい出した。採取担当の男が急に叫んだ。男の顔は強いライトのせいで影ができている。男は石の下の穴に向かってつるはしを刺した。グロドニックが石の山や道を飛ぶように走る。おれは車から降り、グロドニックに続いた。

石の下から明るい色のフェルトハットの端が見えた。明るいグレーのフェルトハットだ。ミセス・キンブルの声が聞こえてくるようだ。「主人は新しい帽子を被っていました」夫人はそう言った。「帯に赤い羽根のついた明るいグレーのフェルトハット」石の下からは帽子の縁を持つように拳が急に現れた。コンクリートの断片も出た。手が青いパンツの脚で跳ねてグロドニックの方に落ちた。そして帯の赤い羽根が見えた。それ以上見る必要はなかった。車に戻り、運転席に座ってグロドニックを待つ。

ライトの輪の中の人物のひとりが外れて、車に近寄ってきた。モーター音が鳴り響いた後に止まった。速い動きで車が私車道を下りてゆき、道路に出るとマリオンに向かって行った。おれは座ってタバコを吸いながら、キンブルのことを考えまいとした。どこに横たわっていようが、もう彼にはあまり関係ない。彼は石の下にいる。そこそこ良い場所だ。ジャクソン将軍でさえ、そこに埋められても仕方がないと思うのではないだろうか。おれも疲れてぼうっとしてきたなと感じながらタバコの煙を輪にして夜に向かって吐き出した。

歩道ではさらに作業が続き、待機していた隊員が来て六人で石を剝いだ。その作業は三十分ほどかかった。その頃には白いワゴン車が到着し、ふたりの隊員が後ろから担架を出した。隊員は長くてかさばる物体をこげ茶色の毛布でくるんで担架に載せた。伝道者ミスター・キンブルの亡骸が救急車の後ろに載せらせるのをおれは車から見た。そして救急車は街に戻っていった。

ライトの輪がだんだんと崩れ、隊員たちは上着や帽子を持ち、道具を運んで車で去って行った。ふたりの制服姿の警官は私車道の入り口に立ち、この数時間で集まった野次馬を追い払っている。グロドニックが立ち去るのは最後だ。彼は留まり、最後の車が私車道を走り去るまで、〈シャイニング・ライト教会〉を見つめていた。おれは横にずれてグロドニックを運転席に座らせた。彼は両手をハンドルにかけると額を預けてしばらく深く呼吸をしていた。開いた口から長いため息を漏らすと、急にエンジンをかけてその場を走り去った。

街に戻るまでグロドニックは自分から捜査状況を話そうとしなかった。彼は何も言わず、おれも興味がわかなかった。今だけは情報など欲しくなかった。おれが欲しいのは、浜辺での一週間、眠りっぱなしの二日間、清明な意識、熱い風呂。もうどんな情報もごめんだ。

グロドニックは警察署の建物内で車を停め、後部座席に各々の帽子を探した。おれはお疲れ様と言った。事件から離れようとした。だがグロドニックは何か言いたそうだ。おれの手首に大きな手を置き、おれを座席に押しとどめた。

「今夜おまえにつき合ってとんだ目に遭わせてくれたな、え？」喉から出るグロドニックの声は疲れてざらついている。

おれは首を横に振った。「いや。そうするのが筋だと思ったんだ」淡々と言った。

「ひどく幸運な奴だ」警部補が恐ろしい声で言う。

「確かにひどく幸運だ」あまりにも疲れていて議論する気になれない。これでおしまいだ。

「一緒に行った理由がわかるか？」グロドニックがさらに言う。

なんでついてきたのか、と敢えて彼に尋ねた。

「ドッジに関する報告書を手に入れたからだ」グロドニックが静かに言った。「従軍時にヨーロッパで少しトラブルに見舞われていた。今回のような女性問題だ。彼が刑を免れたのは誰も殺さなかったからだろう」

「そもそもあいつじゃなかったんじゃないか」おれは愚かにも言った。「あんたは奴についてそれを知った。だから？」

「何も」グロドニックは肩をすくめた。「おまえのおかげで捜査がうまくいったと思われたくなかっただけだ。だが今夜一緒だったのは幸運だった。おれも助かったのは認める。おまえの手引きなしじゃ、どうなっていたか？」

「確かに。堂々めぐりしていただろうな、警部補。覚えておくよ。それでいいんだろう？」おれの口調は少しすさんできた。社交的な調子で話し続ける体力も興味もなかった。

「そのとおり」彼が笑う。「それに、忘れないでくれ。おまえのスタンドプレーのおかげで助かった。もっとも、キンブルやあの女性たちについて知ってて連れていったんだろうが、おれだって同じくらい早く解決していた」グロドニックは大きな丸顔でゆっくり頷いた。「それにとてもいい仕事をした」

「わかったよ、警部補」おれはうんざりとして言った。「あんたが幸せで嬉しいよ。さあもう行って新聞社に話せばいい。おれは寝るよ」ドアを押し開けて外に出た。両脚が強ばって感覚がなかったが、自分の車までなんとか歩いてドアを開けた。グロドニックの手がおれの肩にかかった。

「恨みっこなしだぞ、カーニー?」彼が静かに言う。

「恨みっこなしだ、警部補」振り返らずに言った。「お疲れ」

「お疲れ」

おれはおんぼろクーペに身体を押し込んで、白々明ける通りを抜けて家路に着く。夜明けには妙な心地良さがある。小さな谷間に漂っている陰鬱な暗闇が、新しい朝の太陽を阻んでいる。コンクリートの歩道にあたる光はグレーになり、その光は〈伝道本部〉の床に横たわるジャクソンの肌を照らしていたピンクの灯りにも似ていた。暗い光《ダークライト》には温かみも生命力も希望もない。アパートに向かって暗い光の通りを走りぬけながら、腕や背中にひんやりとしたものを感じ、おれは身を縮こませた。

訳者あとがき

本作『ダークライト』は、バート・スパイサーが一九四九年に発表した第一作目の *The Dark Light* の邦訳です。そして彼の作品が日本で発表されるのは、本作が初となります。

私立探偵カーニー・ワイルドが活躍する本作は従来の探偵小説の形式を踏襲しながらも、新たな魅力が随所に散りばめられたものとなっています。

ぶっきらぼうで言葉遣いが荒いが、情に厚い。体制におもねることなく、世間の常識に惑わされず、自ら信じる正義のために真相を究明してゆくその姿は頼もしい限りです。また繊細さと勇敢さを兼ね備え、ユーモアに長け、シニカルな発想も豊かなカーニーは、状況に柔軟に対応してゆきます。その人物像は決して派手ではなく地に足がついたものですが、実に魅力的です。ストーリー展開の中でもカーニーに友情や恋愛感情を抱く者が少なからず登場します。特に事件の担当警部補との関わりは、作品に新鮮な味わいを見せているといえましょう。また、大学を卒業したばかりの若い女性アリシアとの関係も、従来のハードボイルド小説とは一味違う、みずみずしさと躍動感あふれたものとなっています。

本作では、新興宗教団体の代表伝道者の失踪が物語の発端となります。この伝道者の経歴や団体設立の経緯が、日本の読者には特殊に映るかもしれません。

アメリカでは政教分離によって宗教活動の自由が保障されていることから、多数の新興宗教がおこっています。また慈善活動の思想もアメリカでは伝統的なものであり、特に第二次大戦以降は経済的に豊かな人が出資をするというのは特殊ではなかったそうです。本作では、マシュー・キンブルという男性が未亡人の資産家ハーロー・プレンティスの強い後押しで伝道者になった設定となっています。

また冒頭でアフリカ系の男性がカーニーに仕事の依頼に来ますが、作品が書かれた一九四〇年代当時は公民権運動が盛んになる前で、人種差別などの偏見がまだ著しかった頃です。そのような世相の中、スパイサーはあくまでも一依頼人として、誠実に男性を描いている点も、読者の共感を誘うものだと思います。

作家のバート・スパイサーについてご紹介します。

バージニア州リッチモンド出身で本名はアルバート・サミュエル・スパイサー。戦時中は一兵卒で入隊し、その後大尉まで昇進し、三つの勲章、五つの戦功章を受けたそうです。ジェイ・バーベットという別名義では、妻と共作で四作の小説を発表しています。彼が手がけたシリーズもののひとつが私立探偵カーニー・ワイルドです。かつて新聞社やラジオ局の記者をしていたスパイサーは、広告業に従事している時に本作を手掛けています。

作品は以下のとおりです。〈シリーズ〉（＊カーニー・ワイルド（私立探偵）、＃ベンソン・ケロッグ（弁護士探偵）、＋ペレグリン・ホワイト（元大佐で探偵））

＊The Dark Light（1949）

＊Blues for the Prince（50）

＊The Golden Door（51）

＊Black Sheep, Run（51）
＊Shadow of Fear（52）別題 The Long Green
＊The Taming of Carney Wilde（54）
＋The Day of the Dead（55）
＊Exit, Running（59）
#Act of Anger（62）
＋The Burned Man（66）
#Kellog Junction（69）
The Adversary（74）

Jay Barbette 名義
Final Copy（1950）
Dear Dead Days（53）別題 Death's Long Shadow
The Deadly Doll（58）
Look Behind You（60）

本作でカーニー・ワイルドと初めて出会った方は、必ず彼の次の活躍も待ち遠しくなることでしょう。他の作品も紹介されるのを一読者として期待するところです。

刊行に当たりましては仁賀克雄先生、そして編集部の林威一郎氏に心より感謝いたします。

〔訳者〕
菱山美穂（ひしやま・みほ）
1965年生まれ。英米文学翻訳者。訳書『スターウォーズ・エンサイクロペディア』（共訳、イースト・プレス）、『運河の追跡』（論創社）。執筆『海外ミステリー事典』（権田萬治監修、共同執筆、新潮社）。他名義による邦訳書あり。

ダークライト
——論創海外ミステリ 167

2016年4月25日　初版第1刷印刷
2016年4月30日　初版第1刷発行

著　者　バート・スパイサー
訳　者　菱山美穂
装　画　佐久間真人
装　丁　宗利淳一
発行所　論 創 社
〒101-0051 東京都千代田区神田神保町2-23 北井ビル
電話 03-3264-5254　振替口座 00160-1-155266

印刷・製本　中央精版印刷
組版　フレックスアート

ISBN978-4-8460-1501-5